CRISTINA DI CANIO
Die Buchhandlung der Träume

Lesen erleben

Buch

Mit ihrer kleinen Buchhandlung am Stadtrand von Mailand hat sich Nina einen Traum erfüllt. Und seit sie eine besondere Idee hatte, ist ihr Laden zu einem beliebten Treffpunkt geworden: Jeder Kunde kann ein Buch, das für ihn eine große Bedeutung hat, dem zufällig nächsten Kunden schenken. Auch wenn das Buchgeschenk anonym ist, entstehen auf diese Weise Freundschaften, ja sogar Liebespaare finden sich. Nur Nina selbst ist einsam, wenn sie abends die Türen ihrer Buchhandlung schließt. Bis eines Tages ein junger Musiker in einer Matrosenjacke in ihren Laden kommt und Nina eine Kiste voller antiquarischer Bücher bringt ...

Autorin

Cristina Di Canio, Jahrgang 1984, hat sich 2010 einen Traum erfüllt und in Mailand die Buchhandlung »Il mio libro« eröffnet, die heute eine der bekanntesten unabhängigen Buchhandlungen Italiens ist. Berühmt ist ihre Initiative »Il libro sospeso«, bei der sich Kunden anonym Bücher schenken.

Cristina Di Canio
Die Buchhandlung der Träume

Roman

Aus dem Italienischen
von Ingrid Ickler

GOLDMANN

Die Originalausgabe erschien 2016 unter dem Titel
»La libreria delle storie sospese« bei Rizzoli, Mailand.

Sollte diese Publikation Links auf Webseiten Dritter enthalten, so übernehmen wir für deren Inhalte keine Haftung, da wir uns diese nicht zu eigen machen, sondern lediglich auf deren Stand zum Zeitpunkt der Erstveröffentlichung verweisen.

Dieses Buch ist auch als E-Book erhältlich.

Verlagsgruppe Random House FSC® N001967

1. Auflage
Taschenbuchausgabe Juli 2019
Copyright © der Originalausgabe 2016
by Rizzoli Libri S.p.A. / Rizzoli, Milan
Copyright © der deutschsprachigen Ausgabe 2018
by Wilhelm Goldmann Verlag, München,
in der Verlagsgruppe Random House GmbH,
Neumarkter Str. 28, 81673 München
Gestaltung des Umschlags und der Umschlaginnenseiten:
UNO Werbeagentur, München
Umschlagmotiv: mauritius images / Danita Delimont / David Frazier;
AKG / Rainer Hackenberg
Redaktion: Viktoria von Schirach
BH · Herstellung: kw
Satz: Buch-Werkstatt GmbH, Bad Aibling
Druck und Bindung: GGP Media GmbH, Pößneck
Printed in Germany
ISBN: 978-3-442-48899-5
www.goldmann-verlag.de

Besuchen Sie den Goldmann Verlag im Netz

Dieses Buch ist für dich, denn ...

1

»Von wem ist es? Ich muss es wissen!« Der junge Mann reißt die Glastür auf, stolpert über die Schwelle in den Buchladen und starrt dort Nina an, die an ihrem Schreibtisch sitzt.

Die junge Frau schaut vom Bildschirm auf und blinzelt mehrmals hinter ihren dicken Brillengläsern. Dann wandert ihr Blick auf seine Hand, und sie erstarrt.

Von meiner Nische aus beobachte ich die Szene aus sicherem Abstand und halte die Luft an. Hoffentlich macht er jetzt keinen Fehler. Ich umklammere die Armlehnen meines Sessels.

»Los, sag's mir, sofort!«, droht er und richtet einen länglichen Gegenstand auf sie, der verdammt nach Gewehr aussieht.

Nina springt erschreckt auf, zwingt sich aber zu

einem Lächeln. »Der gehört in den Ständer neben der Tür«, sagt sie streng und zeigt auf den triefnassen Schirm in seiner Hand.

»Oh, tut mir leid«, stammelt er verlegen, seine forsche Art ist wie weggeblasen. Er geht zur Tür zurück, dabei achtet er diesmal ganz brav darauf, den Bücherregalen nicht zu nahe zu kommen, hinterlässt allerdings ein schmales Rinnsal auf dem Fußboden.

»Halb so schlimm«, beschwichtigt Nina. »Wir haben einfach was gegen Nässe hier bei uns.«

Ich seufze erleichtert auf, lasse die Armlehnen los und lehne mich entspannt zurück.

Was fällt diesem Rowdy eigentlich ein? Mit einem tropfenden Schirm in eine Buchhandlung zu stürzen! Der schmutzige Mailänder Regen ist Gift für unsere armen, wehrlosen Bücher, die so wundervoll nach Druckerschwärze duften. Wie kann man nur so rücksichtslos sein?

»Paolo, stimmt's?«, fragt sie wie eine freundliche Lehrerin, verschränkt die Arme vor der Brust und geht auf den ungeduldigen Kunden zu. »Was ist passiert?«

Ich rücke mich im Sessel zurecht und lehne mich nach vorn, um die Szene besser verfolgen zu können. Der elegant gekleidete große Mann mit den

Geheimratsecken, dem ausgeprägten Unterkiefer und den leicht nach vorn gebeugten Schultern kommt mir bekannt vor. Er muss vor zwei, drei Wochen schon mal hier gewesen sein, wahrscheinlich vor dem Unfall. Um die dreißig, vielleicht auch schon knapp vierzig. Na ja, auf alle Fälle jung. Für mich jedenfalls. In meinem Alter lohnt es sich nicht mehr, nach Jahrzehnten zu unterscheiden: Es gibt Kinder, junge Leute und Uralte. So wie ich.

»Ich kann an nichts anderes mehr denken, ich werde noch verrückt. Es ist wie eine Manie. Ich bin unkonzentriert bei der Arbeit, Gespräche mit Freunden interessieren mich nicht mehr, ich habe sogar zwei Tennismatches verloren. Und ich verliere sonst nie.« Während er sein ganzes Elend ausbreitet, als wäre er beim Psychoanalytiker, tigert er durch den Raum, zieht wahllos Bücher aus den Regalen und stellt sie woanders hin. Ich sehe mich heute Abend schon aufräumen.

Plötzlich hält er inne, schaut der Buchhändlerin in die Augen und sagt streng: »Ich will wissen, wer mir dieses Buch geschenkt hat. Du musst mir helfen, Nina.«

Er hält ihr ein zerlesenes Taschenbuch mit weißviolettem Umschlag vor die Nase. Es sieht aus wie ein Faltenrock. Beim Anblick dieser grausamen

Behandlung dreht sich mir der Magen um. So mit einem Buch umzugehen! Dieser Rüpel! Ein Buch ist doch keine Zeitung, die man einfach so zusammenfalten kann! Ob er einen Freund auch so behandeln würde?

»Das heißt, es hat dir gefallen!« Nina ist begeistert. »›Gut gegen Nordwind‹. Ich erinnere mich noch an deinen Gesichtsausdruck, als ich es dir in die Hand gedrückt habe, direkt erschrocken sahst du aus.«

»Das war ich auch! Bei Geschenken von Leuten, die mir was verkaufen wollen, bin ich immer skeptisch«, murmelt er verlegen.

»Hast du befürchtet, du würdest dich damit verpflichten, ein zwanzigbändiges Lexikon zu abonnieren? Oder ein Topfset zu kaufen? Wenn ich solche Tricks beherrschen würde, hätte ich längst eine Buchhandlung mit Blick aufs Meer und nicht auf die rostigen Gleise eines stillgelegten Bahnhofs«, lacht sie.

»Wenn ihr wüsstet, was früher hier für ein Betrieb war«, seufze ich. Die beiden unterhalten sich weiter, als ob ich gar nicht da wäre. Ich gehöre zum Inventar, wie eine Antiquität. Selbst Nina scheint mich inzwischen zu ignorieren, wahrscheinlich weil ich die immer gleichen Geschichten erzähle.

»Die Geschichte mit den Zügen kennst du schon, oder?«

»Die hast du mir mindestens schon tausend Mal erzählt, Adele.«

Na und? Es ist eine schöne Geschichte, eine fürs Herz, und ich bin eben eine alte Frau. Und das ist doch eines der Privilegien des Alters, oder? Man darf immer die gleichen Geschichten erzählen und sein Leben dabei immer wieder neu erleben. Man darf in Pantoffeln aus dem Haus gehen, weil einem die Füße wehtun. Man darf endlich alles aussprechen, was man denkt, ohne sich um die Reaktion der anderen zu kümmern. Und den ganzen Tag in einem Sessel sitzen, wenn auch nicht unbedingt im eigenen Wohnzimmer.

»Vergiss es, ich kann es dir nicht sagen. Das Spiel funktioniert nun einmal so: Ein Kunde kauft ein Buch für den nächsten Kunden, alles anonym und ohne Hintergedanken. Einfach so.«

»Klar, schön und gut. Das hast du mir schon einmal erklärt. Aber ich verstehe den Sinn nicht.«

»Na ja, vielleicht hat der Person das Buch so gut gefallen, dass sie es mit anderen teilen will …«

»Darum geht es nicht, ich will wissen, warum es anonym bleiben muss.«

»Es ist wie mit dem Kaffee.«

»Mit dem Kaffee?«, fragt er und kratzt sich nachdenklich am Kinn, als müsse er den Codex Hammurabi entschlüsseln.

»Wie beim ›Caffè sospeso‹, ein ›aufgeschobener Kaffee‹: trinke einen, zahle zwei.«

»Ein Kaffee to go?«

Nina seufzt, und ich kichere still in mich hinein. Siehst du? Jetzt musst du diese Geschichte zum tausendsten Mal erzählen.

»Kennst du das wirklich nicht? In Neapel ist das Tradition: Man geht in eine Bar, trinkt einen Kaffee und bezahlt zwei; den zweiten bekommt ein anderer Gast geschenkt.«

»Das ist mir noch nie passiert, meine Freunde sind da wohl zu geizig.«

»Wie gesagt, das ist ein neapolitanischer Brauch, in Mailand hat sich das nicht durchgesetzt.«

»Aber ich fahr doch nicht extra zum Kaffeetrinken nach Neapel.«

Nina beißt sich auf die Lippen und fährt sich mit den Fingern durchs Haar.

Ich kenne sie gut genug, um zu wissen, dass sich hinter den bebenden Lippen ein Vulkan kurz vor der Eruption verbirgt. Trotz ihrer geduldigen Miene.

Ich hätte es mir denken können. Schon heute

Morgen im Radio hatte das Horoskop verkündet: »Widder, aufgepasst: Auf euch warten große Herausforderungen, heute ist euer innerer Frieden gefragt.«

Nina behauptet steif und fest, dass der Radioastrologe nie falschliegt. Er ist einfach ein Crack.

Seit sie sich mit dieser kleinen Buchhandlung ihren Traum verwirklicht hat, hören wir jeden Morgen seine Sendung. Ein Traum, der lila gestrichene Wände und prall gefüllte Regale hat.

Wie lange ich hier schon arbeite? Das erste Mal war … Stimmt, jetzt erinnere ich mich. Ich war auf dem Heimweg vom Markt, damals wartete mein Domenico noch zu Hause auf mich. Vor dem Schaufenster blieb ich stehen. Ein Buchladen? Das war aber mal eine positive Überraschung. War hier nicht vorher ein Immobilienmakler? Oder eines dieser Büros, wo junge Leute für einen Hungerlohn arbeiteten? »Zeitarbeit« sagt man wohl dazu.

An diesem Morgen brannte die Sonne unbarmherzig vom Himmel, mir wurde schwindlig, und die Beine gaben nach. Ehe ich michs versah, lag ich am Boden. Nina kam aus dem Laden gelaufen und half mir hoch, dann setzte sie mich in eben diesen Sessel. Sie brachte mir ein Glas Wasser mit Traubenzucker, und wir kamen ins Gespräch. Wie heißt du, woher kommst du, wie kamst du auf die Idee, ausgerechnet hier in dieser Gegend eine Buchhandlung zu eröffnen, hier kommt doch kaum jemand vorbei? Was man eben so fragt.

Und dann ging sie zu einem Regal, drehte das Radio lauter und sagte: »Entschuldige, nur einen Moment, ich muss wissen, was heute passieren wird.«

Seit diesem Tag sind etwa fünf Jahre vergangen. Wo ist die Zeit geblieben? Immerhin galoppiert sie nicht mehr so vorbei wie früher, sondern humpelt eher vor sich hin. Aber festhalten kann ich sie trotzdem nicht.

Ich komme jeden Morgen vorbei, und jeden Morgen hören wir gemeinsam das Horoskop und kommentieren es ausführlich. Nicht dass ich daran glauben würde, aber es macht mir Freude, Nina dabei zu beobachten, während sie darauf wartet, dass die samtweiche Stimme des Astrologen ihr etwas Erfreuliches voraussagt oder ihr einen Hoffnungsschimmer schenkt.

»Sag mir wenigstens, ob es eine Frau war.«

»Na gut«, die beiden sprechen immer noch über das Buch, das er geschenkt bekommen hat. Nina ist ziemlich pingelig, wenn es um das Einhalten von Regeln geht, aber es ist bestimmt nur noch eine

Frage von Sekunden, bis sie das Geheimnis lüftet.
»Es ist eine junge Frau.«

»Ich wusste es!« Paolo jubelt, als hätte er das große Los gezogen. »Das ist ein Wink des Schicksals, verstehst du! Überleg mal, in dem Roman geht es um zwei Leute, die sich Mails schreiben, ohne sich jemals gesehen zu haben, erst aus Versehen, dann Tag für Tag, und schließlich …«

»Verlieben sie sich«, vollendet Nina den Satz und lächelt. »Ist das dein Ernst? Meinst du wirklich, sie hat dieses Buch ausgewählt, weil sie dachte, dass der nächste Kunde der Mann ihres Lebens sein würde?«

»Könnte doch sein? Schau dir doch mal genau an, für wen sie es ausgesucht hat.« Paolo zieht eine Augenbraue hoch, in der Hoffnung dadurch wenigstens ein bisschen attraktiver auszusehen.

Nina lacht und spielt mit ihrer Halskette. Diese kleine Hexe hat doch noch was vor, das spüre ich.

»Gut, nehmen wir mal an, es wäre so. Wenn es wirklich ein Wink des Schicksals sein sollte, dann musst du es selbst herausfinden, ohne meine Hilfe.«

»Was meinst du damit?«

»Ich will damit sagen, dass ich dir den Namen

der Frau nicht verraten werde. Aber ich habe eine Idee: Du suchst auch ein Buch für sie aus, und ich schenke es ihr dann. Was hältst du davon?«

Unser Möchtegern-Casanova denkt einen Moment nach, dann lächelt er und streckt ihr die Hand entgegen. »Abgemacht!«

Die Suche nach dem richtigen Roman fällt schwer. Die beiden nehmen jede Menge Bücher aus dem Regal, blättern darin herum und stellen sie wieder zurück. Ab und zu kommt er an mir vorbei, ohne mich überhaupt wahrzunehmen. Jedes Mal wenn er ein Buch in die Hand nimmt, um den Klappentext zu lesen, zucke ich zusammen. Hoffentlich macht er keine Eselsohren!

»›Wahlverwandtschaften‹ oder ›Die Liebe in Zeiten der Cholera‹, was meinst du?«, fragt er und wiegt die beiden Bücher prüfend in den Händen, als würde er den Fisch fürs Abendessen aussuchen.

»Zwei Romane, die sehr gut zum Thema passen. Damit kommst du direkt auf den Punkt«, antwortet Nina. »Welcher hat dir besser gefallen?«

»Ähm, gelesen habe ich sie beide nicht«, meint er kleinlaut und legt die Bücher beiseite. »Ich wollte ihr damit imponieren.«

»Na ja, darum geht es eben gerade nicht. Sondern darum, dass man einen Roman verschenkt, der einen bewegt hat, der einem wichtig ist, ein Buch, das man wirklich geliebt hat.«

Hoffentlich kommt jetzt keine Autozeitung dabei raus, denke ich.

Der Regen prasselt pausenlos gegen das Schaufenster, seit dem Morgengrauen geht das so. Auf der Straße ist kaum jemand unterwegs, die wenigen Passanten verstecken sich unter ihren Regenschirmen, die Autos rasen durch die Pfützen, das Wasser spritzt bis auf den Bürgersteig. An solchen Tagen vermisse ich Domenico besonders.

Als wir jung waren, verbrachten wir die Regentage, an denen wir nicht arbeiten mussten, in der Bar am Ende der Straße und hörten stundenlang Schlager aus der Musikbox. Ich schwärmte für Adriano Celentano. *Ventiquattromila baci. Sabato triste.* Vor allem die Texte: »Lieb mich, küss mich. Ja, ja, ja, lieb mich, küss mich, halt mich fest und lass mich nie wieder los …«

»Ich komme in den nächsten Tagen vorbei und erkundige mich, wie es gelaufen ist.«

Ich tauche aus meinen wehmütigen Erinnerungen auf und sehe gerade noch, wie Paolo seinen Schirm aus dem Ständer neben der Tür nimmt und sich verabschiedet. »Viel Glück!«

»Ich bin gespannt!«, ruft Nina und winkt ihm nach. Sobald er verschwunden ist, meint sie grinsend: »›Ich bin gegen Gefühle‹, sehr schön!«

»Gute Wahl«, schalte ich mich ein, »einen Moment lang hatte ich schon befürchtet, er würde ihr Manzonis ›Die Brautleute‹ schenken. Oder dieses Buch mit dem Zauberer, wie heißt das noch … ›Harry Potter‹?«

Ich wünschte, sie würde sich mir anvertrauen. Seitdem ich zurück bin, hatten wir noch keine Zeit, uns richtig zu unterhalten. Dabei weiß ich, dass es ihr nicht gut geht. Aber sie schweigt und vergräbt sich in die Arbeit. Der Monatsabschluss steht an, und Nina hasst Zahlen, vor allem wenn die Zahlen nicht passen. Sie sagt immer: »Ich arbeite mit Wörtern, nicht mit Zahlen, und das aus gutem Grund. Wörter passen immer irgendwie zusammen, Zahlen nie! Ich habe da einfach kein Talent!«

Die Buchhandlung läuft nicht so gut, aber das geht eigentlich allen kleinen Buchläden so.

Ich stehe auf und gehe möglichst lautlos durch den Raum. Meine Beine tun nicht mehr weh, und ich bin voller Tatendrang. Ich räume so unauffällig wie möglich auf, denn Nina mag meinen Aufräumzwang gar nicht. Sie mag es etwas lockerer. Wenn ein Kunde nach einem bestimmten Titel fragt, weiß sie genau, wo sie suchen muss, auch wenn ihr System für Außenstehende ein kreatives Chaos ist. Vielleicht kann sie die Bücher ja erschnüffeln, wie ein Hund die Trüffel?

Hin und wieder blickt sie auf das Telefon und seufzt, als warte sie auf einen wichtigen Anruf.

Und wenn der SMS-Ton erklingt, schaut sie sofort nach, wer ihr geschrieben hat, das hat sie vorher nie gemacht. Mir kommt das alles so merkwürdig vor, dass ich ihr nachspioniert habe. Als sie gestern auf die Toilette ging, ließ sie das Handy auf dem Schreibtisch liegen, und ich wollte nachsehen, aber was war das denn? Wo waren die Tasten überhaupt? Und was bedeutet »PIN«?

Während ich sie erneut seufzen höre, geht die Ladentür auf.

Nina springt auf und eilt auf eine junge Frau zu, die in ihrem bunten Regenmantel aussieht wie Rotkäppchen. »Wie ist es gelaufen, Emma?«

»Ich habe alles so gemacht, wie du es gesagt hast«, antwortet ihre Freundin und zieht den Mantel aus, ganz vorsichtig, damit sie auf keinen Fall ein Buch nass spritzt. Diese Frau weiß wenigstens, was sich gehört! »Ich war bei der Adresse, die du mir gegeben hast, um die Blumen abzugeben, ich habe lange warten müssen, bis mir jemand aufgemacht hat. Ach übrigens, du schuldest mir einen Friseurbesuch, schau dir mal meine Haare an!«

Keine Ahnung, über was die beiden reden. Emma gehört der Blumenladen ein paar Häuser weiter. Mein Mann hat dort oft Gerbera und Ranunkeln für mich gekauft.

»Schon gut, schon gut. Alles, was du willst. Aber erzähl weiter.«

»Bist du sicher, dass du das hören willst?«

Nina massiert sich die Schläfen, wodurch sich die Brille etwas verschiebt.

»Unbedingt. Ich muss die Wahrheit wissen.«

»Also gut. Ich habe mehrfach geklingelt, bis mir endlich jemand aufgemacht hat. Eine Frau.«

»Na und? Das wird Andreas Putzfrau gewesen sein.«

»In der Tat«, erwidert Emma, und ihr sarkastischer Unterton verheißt nichts Gutes, »allerdings ist er inzwischen mit ihr verheiratet.«

»W… wie bitte?«, stammelt Nina. »Willst du damit sagen …«

Die Floristin nickt. Betretenes Schweigen macht sich breit.

»Das interessiert mich auch«, melde ich mich zu Wort, in der Hoffnung, in das Geheimnis eingeweiht zu werden. Aber wieder hört mir keiner zu. Alt sein ist wirklich kein Zuckerschlecken.

»Das musst du falsch verstanden haben. Das kann nicht sein.« Nina gibt nicht auf.

»Es tut mir leid, meine Liebe, aber das sind die Fakten. Als ich nach deinem Traumprinzen gefragt habe, hat sie sich als seine Frau vorgestellt. Ich musste mir was einfallen lassen, als ich ihr den Blumenstrauß überreichte. Eine heikle Situation. Und du kannst dich bei mir bedanken, denn die Karte mit dem Gedicht und deiner Unterschrift habe ich im letzten Moment noch rausnehmen können.«

Nina stützt sich mit den Ellbogen auf dem Schreibtisch ab und vergräbt ihr Gesicht zwischen den Händen. Emma legt ihr tröstend den Arm um die Schultern. Auch ich komme näher, um ihr Beistand zu leisten. Ich weiß zwar nicht, worum es geht, aber das ist egal.

Dann fällt mein Blick auf das Handy, und mir fällt es wie Schuppen von den Augen: Dieser Andrea war der, der die SMS geschickt hatte! Der Mann, der ihr einige Wochen lang ein Lächeln auf die Lippen gezaubert hatte. Von ihm hatte sie mir erzählen wollen, bevor ich meine unfreiwillige Pause einlegen musste.

»Wie konnte er mir das antun, dieser Schuft?«,

schnieft Nina, eine Träne rollt ihr über die Wange. »Und ich bin auf ihn hereingefallen wie eine dumme Gans.«

»Das ist nicht deine Schuld, Nina«, versucht Emma sie zu trösten, »er hat dir einfach nicht die Wahrheit gesagt.«

»Ja, aber ich dachte, dass …«

»Besser, du lässt ab sofort die Finger von ihm!«, fällt ihr Emma ins Wort. »Jedenfalls weißt du jetzt, woran du bist, und kannst reinen Tisch machen. Gut, dass du mich eingeschaltet hast, wer weiß, wohin das geführt hätte.«

»Bloß gut, dass ich dich vorher gefragt habe …«

Emma hat recht. Nina ist ziemlich naiv, was Beziehungen angeht.

»Und wegen so einem hättest du fast Filippo verlassen! Das hättest du dein Leben lang bereut! Eigentlich sollte ich dir eine runterhauen.«

Nina atmet tief durch, setzt die Brille ab und lächelt ihre Freundin an: »Du hast recht. Welche Wange hättest du gern?«

2

»War das wirklich nötig? Verliert er so nicht die Authentizität?«

»Das hängt davon ab, wie wir Authentizität definieren.« Der Dozent stolziert durch den Raum. Sein Bart ist ungepflegt, er trägt eine bunte Fliege um den Hals. In den Händen hält er ein kleines Notizbuch, allerdings hat er es während der ganzen Zeit nicht ein Mal aufgeschlagen, sondern nur damit gespielt. Ich verwette meine Rente, dass das Notizbuch leer ist, nicht mal eine Zeile hat der geschrieben. Gut, vielleicht eine Einkaufsliste. Gedankenversunken macht er noch ein paar Schritte, dann bleibt er vor der jungen Frau stehen, die ihm die Frage gestellt hat: »Was ist authentischer, das Original oder die Übersetzung?«

»Das liegt doch auf der Hand«, antwortet sie,

zuckt mit den Schultern und verzieht das Gesicht wie ein Mathematiker, den man gefragt hat, ob zwei und zwei vier ergibt. »Aber der Leser wertschätzt die Übersetzung in seine Sprache, weil sie sich für ihn wie das Original liest. Stell dir vor, es geht um deine Lieblingsstelle, du hast sie immer und immer wieder gelesen, und dann wird das Buch neu übersetzt! Die Wörter, die Satzstellung, alles ist verändert, fremd …«

»Deine Sicht der Dinge ist interessant, aber du sprichst von einem Leser, der das Buch bereits in einer anderen Version kennt.« Der Dozent hält inne, als ob er sich vergewissern wollte, dass ihm auch alle noch zuhören. »Aber wer es zum ersten Mal in dieser Übersetzung liest, könnte einen besseren Zugang zu diesem Buch finden, wenn es in einer moderneren Sprache übersetzt ist.«

In Momenten wie diesem beneide ich meinen armen Domenico um sein Hörgerät. Er war fast taub, und immer wenn er sich in Gesprächen langweilte, schaltete er es einfach aus, lächelte wissend und tat so, als würde er zuhören.

Nina hat ihre Buchhandlung für diesen Abend ihrer Lesegruppe zur Verfügung gestellt, und wir diskutieren etwa seit einer Stunde über den Wert von Übersetzungen. Um ehrlich zu sein, die anderen diskutieren, während ich warte, dass der Dicke in der karierten Jacke, der die ganze Zeit auf sein Handy starrt, endlich aus dem Sessel aufsteht und ich mich auf meinem Stammplatz ausruhen kann.

Nicht dass ich die Diskussion nicht interessant fände. Die Ansätze sind vielversprechend, der gut aussehende Dozent hat Charisma, dem ich auf der Stelle erliegen würde, wenn ich fünfzig Jahre jünger wäre und mehr Wert auf Äußerlichkeiten legen würde. Aber schon der Titel der Veranstaltung schreckt ab, »Kreativ lesen« … was soll das denn bitte sein?

Ich glaube nicht, dass das bei mir funktioniert.

Ich habe schon immer gerne gelesen und finde mich durchaus kreativ. Aber bis heute fällt es mir schwer, meine Leseerlebnisse mit anderen zu teilen, es sei denn, es sind Menschen, die ich wirklich schätze. Vielleicht, weil es mir peinlich ist, dass ich nicht studiert habe, sondern mir alles selbst beigebracht habe.

»Genau, wie bei Shakespeare!«, nimmt der Dozent den Faden wieder auf und deutet mit dem Notizbuch auf eine Frau mittleren Alters, die ihn regelrecht anhimmelt. »Die englischen Schüler hassen ihn wegen seiner antiquierten Sprache, wir dagegen, die seine Werke in der Übersetzung lesen können, sind von ihm fasziniert. Das Gleiche gilt für Don Quijote von Cervantes für die spanischen Leser.«

»Das heißt ...«, murmelt der Typ im Sessel, der immer noch auf das Display seines Handys starrt, »dass es irgendwo auf der Welt Leser gibt, die tatsächlich Gefallen an dem ollen Dante finden?«

Ich bin entsetzt und muss mich zurückhalten, diesem Banausen nicht die Taschenbuchausgabe von »Stoner« an den Kopf zu werfen, in der ich gerade blättere. Zu dünn. Der hätte mindestens »Krieg und Frieden« verdient.

»Warum sagst du nichts?«, flüstere ich Nina zu, die einige Schritte von mir entfernt an einem Regal lehnt. Nach all den Diskussionen, die wir über die »Göttliche Komödie« geführt haben, hätte ich etwas zur Verteidigung von Signor Alighieri erwartet. Aber sie wirkt abwesend. Egal, auf welche Art und Weise ich versuche ihre Aufmerksamkeit zu erregen, sie reagiert nicht.

Seit sie weiß, dass die Liebe auch dieses Mal kompliziert und schmerzhaft ist, ist sie kaum wiederzuerkennen, so introvertiert, bedrückt und melancholisch ist sie. Wenn Kunden den Laden betreten, wirkt ihr sonst so strahlendes Lächeln aufgesetzt, sie scheint sogar erleichtert zu sein, wenn sie wieder gehen. Auch heute Abend hat sie kaum vier Sätze gesprochen, während es sonst regelrecht aus ihr heraussprudelt.

Über Andrea, den rätselhaften und leider verheirateten Herzensbrecher, hat sie noch kein Wort gesagt. Ich habe das respektiert, auch wenn ich in meinem Stolz verletzt war. Schließlich bin ich eine durchaus vertrauenswürdige alte Dame. Wer weiß, vielleicht hat sie befürchtet, ich würde ihr Vorwürfe machen, dass sie so schnell bereit war, Filippo Hals über Kopf zu verlassen.

Ach, wenn du wüsstest, meine liebe Nina, wie wenig ich von deinem Verlobten halte!

Schon als ich Filippo das erste Mal bei einer Lesung in deiner Buchhandlung traf, war mir klar, dass er nicht der Richtige für dich ist. Und kurz nach meinem Unfall habe ich die traurige Bestätigung dafür bekommen.

Vielleicht hätte ich meine junge Freundin warnen sollen, ihr sagen, was ich wusste, selbst auf die Gefahr hin, dass es sie verletzte und sie mich für ein altes Klatschweib gehalten hätte. Manchmal hilft eben nur die Wahrheit, auch wenn sie schwer zu akzeptieren ist. Aber jetzt, wo sie ihn ohnehin fast abserviert hat, bin ich fest davon überzeugt, richtig gehandelt und ihr mit meinem Schweigen unnötigen Schmerz erspart zu haben.

»Geht es dir gut, meine Liebe?«, frage ich leise, mache ein paar Schritte auf sie zu und berühre sie leicht an der Schulter. Sie zuckt zusammen, als ob sie ein Blitz getroffen hätte, dreht sich kurz zu mir um und macht die Augen schmal, wie immer, wenn sie Sorgen hat und nicht darüber reden will. Dann seufzt sie und schaut wieder zu dem Mann mit der Fliege, der vor sich hin doziert.

»… genau aus diesem Grund würde auch die Neuübersetzung von ›Der Fänger im Roggen‹ noch mehr junge Leser für dieses Buch begeistern.«

»Ich bin immer noch anderer Meinung, was die Modernisierung der Sprache angeht«, die junge Frau bleibt hartnäckig, »Salinger hat den Roman in den Fünfzigerjahren geschrieben, deshalb sollte sich auch die Sprache an dieser Epoche orientieren, um den Geist der Zeit besser zu vermitteln …«

Wann habe ich eigentlich »Der Fänger im Roggen« zum ersten Mal gelesen? Das muss wohl 1962 gewesen sein.

Ich lag nach der Geburt meiner jüngsten Tochter, der Drittgeborenen, im Krankenhaus. Mein Mann hatte sich den Roman mitgebracht, damit er etwas zu lesen hatte, wenn ich nach dem Stillen in ein wohlverdientes Nickerchen sank. Doch das Buch zog mich magisch an, ich musste es einfach lesen, obwohl Domenico noch gar nicht durch war. Im Nachhinein bin ich sicher, dass ich ihm damit sogar einen Gefallen getan habe, er hat es nie ausgelesen. Er war ein Mann für Sherlock Holmes und Poirot, aber nicht für Salinger. Er hätte die Erlebnisse des Protagonisten nicht wirklich schätzen können. Wenn ich ehrlich bin, kann ich mich heute gar nicht mehr genau an die Handlung erinnern, obwohl sie mich damals fasziniert hat.

Vielleicht sollte ich das Buch noch einmal lesen, dieses und die vielen anderen Bücher, die ich bis zur Besessenheit geliebt habe. Aber diese Art von Vergötterung vergeudet kostbare Lesezeit. Ein Leben ist zu kurz, um Bücher zweimal zu lesen.

»Noch mal danke für deine Unterstützung, Nina, deine Buchhandlung ist wirklich etwas ganz Besonderes, ganz genau wie du.« Der Dozent mit den kurz geschorenen Haaren zwinkert ihr zu, bereit, sein ganzes Verführungsrepertoire auszubreiten, ein Fach, in dem er noch mehr brilliert als in der Literaturwissenschaft. Doch Nina ist bereits beim Aufräumen, weiß sie doch genau, dass sie die Gunst der Stunde nutzen muss.

Wenn die Veranstaltung vorbei ist, die Besucher

sich von ihren Plätzen erheben und ihre Jacken wieder anziehen, muss sie handeln, sonst sind sie verschwunden. Sie muss ein Zeichen setzen und an ihr Schuldgefühl appellieren. Seht her, ihr geht und lasst mich ganz allein mit dem ganzen Durcheinander. Habt ihr denn gar kein schlechtes Gewissen?

Mit verkrampftem Lächeln hält Nina dem Dozenten einen Stapel Klappstühle hin und dreht den Kopf in die andere Richtung. »Bitte dort hinten in den Abstellraum, danke!«

Währenddessen lasse ich mich in den Sessel sinken, der endlich wieder frei ist. Allerdings habe ich das ungute Gefühl, dass irgendetwas nicht stimmt.

Wenn man alt wird, hat man seine Gewohnheiten, auf die man nicht verzichten möchte. Und man wird dickköpfig. Wenn mein Sessel nicht frei ist, warte ich zum Beispiel lieber eine Stunde im Stehen, anstatt mich auf irgendeinen Stuhl zu setzen. Das macht mir gar nichts aus. Starrsinn setzt bekanntlich Energien frei.

Meine Arbeitskolleginnen haben immer gesagt: »Adele, du bist so ein Sturkopf, du solltest zur Gewerkschaft gehen!« Die wussten immer alles besser.

Ich bin meinen Weg gegangen, auch wenn ich dafür kämpfen musste. Wie damals, als ich die Schule abbrach, um Domenico in der Werkstatt zu helfen, schließlich brauchten wir das Geld, um heiraten zu können. Oder als wir von Ginosa nach Mailand gezogen sind, um uns dort unseren Lebenstraum zu erfüllen.

In der damaligen Zeit war es ein Abenteuer, das vertraute Apulien zu verlassen, um im fernen Norden zu arbeiten. Mit unseren riesigen Koffern, die wir mit Schnüren zusammengebunden hatten, wirkten wir wie Komparsen in einem jener Schwarz-Weiß-Filme, die heute noch im Nachtprogramm wiederholt werden, so spät, dass nur noch die Schlaflosen, Katzen und Menschen mit zu vielen Erinnerungen vor dem Fernseher sitzen.

Als ich das erste Mal einen Fuß auf den Corso Lodi setzte, kam ich mir vor wie in einer anderen Welt. Ich hatte Angst und war voller Sorge, wie es weitergehen sollte.

Nicht wegen der unzähligen Menschen und auch nicht wegen der Pappschilder an den Häusern »Wir vermieten nicht an Süditaliener«. Nicht wegen der vielen Autos, die über die breiten Straßen rauschten, und auch nicht wegen des Himmels, der so weiß war, wie ich es nie gesehen hatte. Was mich wirklich erschreckte, war der Enthusiasmus in den Augen meines Mannes, das strahlende Lächeln, mit dem er alles Neue betrachtete, seine Glückseligkeit, als er Livemusik aus einem Lokal auf die Straße dringen hörte. Seine Begeisterung war der Grund für mein ungutes Gefühl, denn ich fragte mich, ob ich den Erwartungen des Mannes, den ich geheiratet hatte, auch gerecht werden würde.

Diese Stadt kam mir damals so fremd, so kalt, so beängstigend anders vor. Wann sie wirklich zu meinem Zuhause wurde, weiß ich nicht mehr genau. Jetzt, wo Domenico tot und auch meine Lebenszeit fast abgelaufen ist, kann ich mir gar nicht mehr vorstellen, irgendwo anders zu leben.

»Geh ruhig nach Hause, ich komme allein zurecht.« Nina nimmt Ilaria eine Schachtel aus der Hand und schiebt sie unter den Schreibtisch, in das schwarze Loch, in dem alles verschwindet, was »später« aufgeräumt werden soll. Die rothaarige Frau ist eine gute Kundin, die keine Lesung verpasst. Sie fragt: »Bist du sicher? Ich kann gerne noch ein bisschen bleiben, und du erzählst mir etwas über diesen geheimnisvollen Fremden, der mir ein Buch schenken möchte.« Sie zwinkert Nina verschwörerisch zu in der Hoffnung, Näheres über ihn zu erfahren.

Ilaria ist also die Glückliche, die Paolos »aufgeschobenes Buch« bekommen hat! Seitdem Nina es ihr vor der Lesung zusammen mit einigen vagen Andeutungen überreicht hat, ist sie nervös auf ihrem Stuhl herumgerutscht. Sie konnte sich gar nicht richtig konzentrieren. Ich weiß nicht viel von ihr, aber wie ich sie einschätze, ist sie eine der Frauen, die Romane mit Happy End lieben. Und sie würde alles tun, um von Nina weitere Informationen zu erhalten.

Aber dafür scheint jetzt nicht der richtige Zeitpunkt zu sein.

»Das nächste Mal erzähle ich dir mehr, versprochen, aber heute Abend nicht. Ich bin müde, morgen muss ich zur Bank, um ...« Sie hält inne, als wolle sie sich nicht schon wieder aufregen. »Jedenfalls gehe ich jetzt nach Hause, tut mir leid.«

»Aber sicher, das verstehe ich gut. Wir sprechen darüber, wenn du mehr Zeit und Ruhe hast«, erwidert Ilaria, offensichtlich enttäuscht. »Aber ich lasse nicht locker, darauf kannst du wetten«, fügt sie hinzu, steckt das Buch in ihre Tasche und verlässt den Laden.

Draußen ist es stockfinster, die Straße wirkt verwaist, bis auf die wenigen Gäste des Restaurants nebenan, die vor unserem Schaufenster schnell eine Zigarette rauchen, bevor sie wieder hineingehen. Nina verabschiedet den letzten Besucher, der die Neuerscheinungen mit einer Beharrlichkeit studiert, als wolle er die ganze Nacht zwischen den Regalen verbringen, dann nimmt sie sich einen Pappbecher und füllt ihn bis zum Rand mit dem übrig gebliebenen Prosecco. »Der ist vegan«, hatte sie einmal erklärt, »man kann ihn ohne schlechtes Gewissen trinken.«

Sie schaltet das Deckenlicht aus und lässt sich neben meinem Sessel auf den Boden sinken, ihr Kopf kippt auf eine Armlehne. Ich streichele ihr sanft über die Stirn, sie zuckt zusammen, als hätte sie ein elektrischer Schlag getroffen.

»Adele, was hab ich nur für ein Chaos angerichtet!«, flüstert sie und nimmt dann einen tiefen Schluck des sanft perlenden Getränks, als sei es eine Medizin, die den Schmerz lindern könnte.

»Erzähl doch einfach, was los ist …«

Die Ladenglocke bimmelt und reißt uns aus der intimen Atmosphäre. Ich ärgere mich über die Störung, während Nina sich hochquält, bemüht, keinen Tropfen Prosecco zu verschütten, indem sie den Pappbecher wie eine olympische Fackel nach oben reckt.

»Darf ich reinkommen?«, fragt eine Männerstimme.

»Du bist doch schon drin!«, brumme ich aus meiner Ecke und beuge mich vor, um besser sehen zu können.

Ein gut aussehender junger Mann mit zerzausten blonden Haaren und Dreitagebart steht in der Tür. Er trägt eine abgewetzte Matrosenjacke und hat eine Gitarre über der Schulter hängen.

Als ich das Instrument sehe, ist er mir schlagartig sympathisch, ein Gefühl der Vertrautheit steigt in mir auf, wie schon lange nicht mehr, dieses Gefühl, das man hat, wenn man ein altes Album mit Familienfotos aufschlägt. Domenicos Gitarre, die lauen Sommerabende am Wasser, die Ausflüge auf der Lambretta, während ich mich an ihn schmiege ...

»Entschuldige, aber wir haben geschlossen«, entgegnet Nina knapp. Normalerweise behandelt sie neue Kunden mit besonderer Zuvorkommenheit, wie damals, als sie einem Mann ihr ganzes Sortiment präsentierte, dabei wollte der eigentlich nur Geld für den Parkautomaten wechseln.

»Die Tür war offen ...«, stammelt der späte Besucher verlegen und fährt sich mit den Fingern durchs Haar. »Du bist doch Nina, oder?«

Die Buchhändlerin leert den Becher in einem Zug und zerknüllt ihn dann in der Hand. »Das kommt darauf an. Suchst du jemanden, der

Schulden bei dir hat?«, lacht sie. Ob das ihr erster Prosecco an diesem Abend war?

Dann geht sie auf den Unbekannten zu und mustert ihn aufmerksam. »Und du bist?«

»Leonardo, Leo. Ich bin der Bote …«

»Wie bitte?«

»Ja, ich soll die Bücher vorbeibringen.«

»Leonardo, wir nehmen keine gebrauchten Bücher«, sie kneift die Augen zusammen und hebt die Stimme. »Ich wüsste auch gar nicht, wohin damit.«

Er starrt sie verblüfft an, mit einem solchen Empfang hatte er offensichtlich nicht gerechnet.

»Nein, nein, man hat mich gebeten, das …«

»Ich bin wirklich nicht interessiert«, unterbricht sie ihn in einem fast aggressiven Ton. Ich will aufstehen, um ihr das übrig gebliebene Knabberzeug zu bringen, vielleicht dämpft das den Effekt des Alkohols ein wenig. Die jungen Leute von heute vertragen einfach nichts mehr!

»Warte, jetzt hab ich's! Du bist der neue Kurier, endlich!«, sagt sie und deutet mit dem Zeigefinger auf ihn.

»Nein, ich bin kein Kurier, ich bin Musiker«, antwortet er und streicht über sein Instrument.

»Dann spiel doch mal was, eine Serenade hatte ich hier in der Buchhandlung noch nicht.« Nina klatscht in die Hände, ihr Überschwang ist kein gutes Zeichen. Aus dem zusammengeknüllten Pappbecher rinnt noch etwas Prosecco, und ich versuche, die Tropfen mit den Händen aufzufangen, obwohl es zu dunkel ist, um genau zu erkennen, wo die Gefahr am größten ist. Einmal ist ein Kunde gestolpert und hat Wein über einen Bücherstapel geschüttet. Nina hatte ohne mit der Wimper zu zucken einen Zettel daraufgelegt, auf dem stand: »Beschwipste Bücher, 20% Nachlass.«

Leonardo reagiert nicht. Vielleicht denkt er, dass er in einer Komödie von Ionesco gelandet ist. Da geht es mir nicht anders.

»Ich spiele heute Abend in einer Bar hier um die Ecke und bin etwas zu früh dran. Und da ich von dieser Sache mit der Bücherspende gehört habe …«, er kratzt sich am Kinn, unschlüssig, ob er weitersprechen soll. Ninas prüfender Blick ist ihm unangenehm. »Ach, vergiss es. Bis bald, war mir ein Vergnügen. Glaube ich jedenfalls.«

Er dreht sich auf dem Absatz um und verschwindet, ohne dass Nina noch etwas sagen kann. Sie geht hinter ihm zur Tür, zieht einen Schlüsselbund aus der Tasche und schließt ab. Dabei seufzt sie tief.

Jetzt ist es ganz still. Wir sind nur noch zu zweit, ich in meinen Sessel versunken, Nina im Laden stehend, den zerknüllten Becher immer noch in der Hand.

Seit ich Witwe bin, bleibe ich oft bis Ladenschluss, so lange, bis die Straßen menschenleer sind und man die Peripherie deutlich spürt.

Ich will niemandem zur Last fallen und versuche immer, mich irgendwie nützlich zu machen, rücke die Bücher zurecht und stelle meine Favoriten ganz »zufällig« vor andere Titel, die ich nicht so mag. Und wenn es nichts zu tun gibt, dann bleibe ich still in meinem Eckchen sitzen und lasse die Zeit verstreichen.

Auch wenn nichts los ist, ist das immer noch besser, als zu Hause herumzusitzen. In dieser düsteren, viel zu großen Wohnung in dem anonymen Wohnblock, der auch schon bessere Zeiten gesehen hat. Dort ist niemand, der auf mich wartet, außer meinen Erinnerungen und den alten Hemden meine Mannes, die immer noch ein Drittel des Kleiderschranks einnehmen. Aber in der Buchhandlung habe ich jede Menge Freunde, aufgereiht in den Regalen vor den lilafarbenen Wänden, Freunde aus Papier, die mir Gesellschaft leisten.

Nina sieht sich noch einmal um, um sicher zu sein, ob alles in Ordnung ist. Ich weiß, dass auch sie keine Lust hat, nach Hause zu gehen. Filippo hat seine Koffer gepackt und ist ausgezogen, und meine junge Freundin hat noch nie gerne allein geschlafen. Sie zuckt beim geringsten Geräusch zusammen und hat mir einmal anvertraut, dass sie glaubt, in ihrem Schrank würde sich jemand verstecken, der auf der Flucht ist und nach dem man in Aktenzeichen XY sucht.

Ich würde ihr gern Mut machen, ihr sagen, dass alles gut wird, dass die Zeit jeden Schmerz heilt. Aber ich glaube, heute Abend hat sie keine Lust auf tröstende Worte.

Wir bleiben noch eine Weile sitzen und betrachten die Scheinwerfer der wenigen Autos, die vorbeifahren. Das Licht ist aus, keine sagt ein Wort. Wir warten darauf, dass eine von uns beiden die Kraft hat, sich aufzuraffen, unseren Büchern Gute Nacht zu wünschen und nach Hause zu gehen.

3

»Sie werden sehen, der Kleine ist ganz brav! Und er wird hier bestimmt viel Spaß haben!« Die Frau mit der perfekten Frisur und den kunstvoll lackierten Fingernägeln lächelt, legt dem kleinen Jungen die Hände auf die Schultern und schiebt ihn nach vorn. »Nicht wahr, Loris, du magst Bücher und bist ganz lieb!«

»Hören Sie, ich bin überzeugt, dass Ihr Sohn ein ausgesprochen nettes Kind ist, aber ich kann nicht auf ihn aufpassen.«

»Aber warum nicht? Es geht höchstens um eine halbe Stunde, was ist schon dabei? Sie werden ihn gar nicht bemerken.«

»Ich habe auch noch einen Job!«, wehrt sich Nina.

Seit einigen Minuten schon versucht sie die Frau

zu überzeugen, dass sie ihren Sohn nicht einfach hier abgeben kann, dass das absurd ist, vielleicht sogar gesetzeswidrig, aber die Frau bleibt völlig unbeeindruckt. Nina redet gegen eine Wand.

»Hast du alles geregelt, meine Liebe?«, ein elegant gekleideter, sonnengebräunter Herr, wahrscheinlich der Vater des bedauernswerten Knaben, taucht ungeduldig im Laden auf, als ob seine Frau sich beim Einkaufen verspäten und nicht gerade ihren Sohn bei einer wildfremden Person parken würde.

»Einen Augenblick noch, Schatz«, ruft die Frau mit honigsüßer Stimme, »ich bin gerade dabei, der netten Frau Buchhändlerin zu erklären, dass es nicht lange dauern wird.«

»Können Sie ihn denn nicht einfach mitnehmen?« Nina verliert allmählich die Geduld. Ich bin sicher, dass sie nur deshalb ihren Ärger (und die dazugehörigen Schimpfwörter) zurückhält, weil das Kind dabei ist. Normalerweise ist sie nämlich sehr viel weniger geduldig. Und eindeutig weniger höflich.

Ich habe innerhalb dieser Wände schon viele absurde Situationen erlebt und weiß inzwischen, dass Buchhandlungen, mehr als alle anderen Geschäfte, unwiderstehliche Anziehungskraft auf Exzentriker, Nonkonformisten, Wahnsinnige und hoffnungslose

Romantiker ausüben. Vielleicht liegt das an den Tausenden von Welten, die zwischen den Buchdeckeln verborgen sind, oder vielleicht auch nur daran, dass Buchhändler oft mit einer fast übermenschlichen Geduld gesegnet sind.

Ich kann nicht eingreifen. Ich kann und darf mich nicht in Ninas Angelegenheiten einmischen. Vor allem wenn sie mit Verrückten diskutiert.

Leider.

Nach ein paar wenig erfreulichen Zusammenstößen mit Kunden, die meiner glasklaren Logik partout nicht folgen wollten, hatte mir Nina deutlich zu verstehen gegeben, dass ich mich da raushalten muss. Meine Besserwisserei sei bisweilen … na ja, anstrengend. Dabei will ich den anderen doch nur erklären, wo sie irren. Aber zugegeben: Manchmal übertreibe ich es. Manche würden mich einen »Klugscheißer« nennen.

»Nein, unmöglich. Ich habe etwas sehr Wichtiges zu erledigen. Als ich das letzte Mal hier war, haben Sie in der Kinderecke gesessen und mit einem entzückenden Mädchen zusammen gemalt.«

»Das Mädchen war meine Nichte. Ich bin kein Babysitter, ein für alle Mal.«

»Ich bitte Sie«, die Frau lächelt gewinnend, »Sie werden nicht einmal bemerken, dass er da ist.«

»Das glaube ich kaum! Ich werde schon nervös, wenn ich einen Hund ausführen muss!«, entgegnet Nina, die aus dem Augenwinkel sieht, wie der Junge nicht gerade zimperlich in einem teuren Bildband über Vivian Maier blättert, der auf ihrem Schreibtisch liegt. »Nicht anfassen, den muss ich noch auszeichnen«, warnt sie und nimmt ihm das Buch aus der Hand.

Der Junge hebt den Kopf und flüstert schuldbewusst: »Tut mir leid, Frau Buchhändlerin.« Dann schenkt er Nina ein scheues Lächeln, und sie schmilzt dahin.

Das ist für seine Mutter das Zeichen zur Flucht. »Perfekt! In spätestens einer halben Stunde bin ich zurück. Keine Minute länger, versprochen! Vielen, vielen Dank. Loris, sei schön brav!«, sagt sie in einem Atemzug, wirft ihm eine Kusshand zu, und schon ist sie draußen bei ihrem ungeduldig wartenden Ehemann. Während Nina nach Worten sucht, um das Unheil doch noch abzuwenden, sind die beiden bereits verschwunden.

»Okay, Loris, so wie es aussieht, haben wir das Vergnügen, die nächste halbe Stunde gemeinsam zu verbringen«, sagt sie kopfschüttelnd. Doch zum Glück ist der Kleine für Sarkasmus nicht die richtige Adresse.

»Ich kann gut malen«, verkündet er, »im Kindergarten bin ich der Dritt-, nein, der Zweitbeste im Malen«, dabei hält er zwei Finger in die Luft.

»Sehr gut, und zählen kannst du auch«, lobt Nina gerührt.

Sie gehört zu der ständig wachsenden Zahl von jungen Frauen, die zwar offiziell auf keinen Fall Kinder wollen, deren Stimmlage aber verrät, wie sehr sie sich im Innersten danach sehnen. Direkt nach der Geburt ihrer Nichte hat sie eine Bilderbuchecke in ihrem Laden eingerichtet.

Bilderbücher sind ihre Leidenschaft. Wenn sie die Macht dazu hätte, würde sie alle Menschen zwingen, sie zu lesen, vor allem die Erwachsenen.

»Schauen wir mal, ob ich etwas für dich habe«, überlegt sie und streicht Loris über den Kopf. »Setz dich ruhig da hin. Und nichts anfassen, bitte.«

Sie geht auf meinen Sessel zu, dabei lässt sie den Kleinen nicht aus den Augen, und nimmt ein paar Bücher von einem gefährlich schwankenden Stapel.

»Was für ein Tag …«, murmelt sie, während sie die Bücher ins Regal stellt. »Mir bleibt auch nichts erspart!«

»Reg dich nicht auf, meine Liebe. Wer weiß, was der Tag noch bringt«, antworte ich, dabei bemühe ich mich positiv zu klingen, was sonst so gar nicht meine Art ist.

Mir ist bewusst, dass Nina Zuspruch braucht, neuen Lebensmut. Sie gehört zu den Menschen, die in allem etwas Gutes sehen wollen, aber immer erst darauf gestoßen werden müssen.

Wahrscheinlich ist das einer der Gründe, warum ich diesen Buchladen so liebe: In einem gesichtslosen Viertel einer hektischen Stadt gibt es einen Ort, der Wärme und Geborgenheit ausstrahlt, ein lila Farbklecks im Einheitsgrau.

»Hey, wer bist du denn? Und was hast du mit meiner Freundin gemacht?«, ist Emmas verwunderte Stimme von der Eingangstür zu hören.

»Ich heiße Loris, und die Frau Buchhändlerin ist dort drüben.« Er deutet auf die Ecke, wo Nina gerade nach Malbüchern sucht.

»Danke, Loris!« Die Floristin strahlt das Kerlchen an, dabei fragt sie leise: »Was macht dieses Kind an deinem Schreibtisch? Wenn du einen Assistenten brauchst, dann empfehle ich dir einen mit mehr Erfahrung.«

»Dreimal darfst du raten. Die Eltern haben ihn bei mir geparkt, weil sie etwas Wichtiges zu erledigen haben.«

»Und du hast mal wieder nicht Nein sagen können, oder?«, sie seufzt. »Wie soll ich es sagen? Nina, du bist zu gut für diese Welt. Es gibt immer wieder Leute, die das ausnutzen.«

Endlich jemand mit gesundem Menschenverstand.

Nina sollte sich an ihrer Freundin ein Beispiel nehmen. Ich habe Emma schon immer gemocht, auch wenn sie mich nur flüchtig grüßt, mir ab und zu einen raschen Blick zuwirft und dann weiter mit ihrer Freundin plaudert.

Früher haben wir uns länger unterhalten, aber dann ist unsere Beziehung abgekühlt. Ich habe den Verdacht, sie ist gekränkt, seit ich ihr vor ein paar Wochen einen brillanten Vortrag darüber hielt, dass im Wasser aufgelöstes Aspirin nicht das richtige Mittel ist, um Schnittblumen länger haltbar zu machen.

Die reinste Verschwendung! Dabei gibt es so viele Länder, wo Kinder sterben müssen, weil es nicht genug Medikamente gibt.

Ich bin nun mal eine Nervensäge, ich kann nicht anders.

Und ich weiß auch, dass man sich nicht gerade beliebt macht, wenn man die anderen ständig kritisiert und alles besser weiß. Wenn man nichts Anerkennendes zu sagen hat, sollte man lieber den

Mund halten. Zu meiner Verteidigung kann ich höchstens vorbringen, dass ich unzählige Nachmittage vor dem Fernseher verbracht und mir Sendungen über Kriminalfälle angesehen habe, die alle darauf angelegt waren, Schuldgefühle und Ängste zu wecken. Diskussionen über Recht und Unrecht sind bekanntlich die Lieblingsbeschäftigung von uns Alten. Ich bin also programmiert, immer wieder auf die gleichen Themen zurückzukommen und gebetsmühlenartig Kritik zu üben.

Jetzt werde ich bestraft, wenn ich etwas Richtiges sage, nur eben im falschen Moment. Na ja, vielleicht vergreife ich mich manchmal im Ton, ausgeschlossen ist das nicht. Aber die Kritik ist trotzdem berechtigt.

Ich kann tun und lassen, was ich will, die anderen verstehen mich einfach nicht. Oder wollen sie mich nur nicht verstehen?

»... und als Krönung wird vielleicht auch noch der Kredit gekündigt«, berichtet Nina ihrer Freundin von ihrem Termin bei der Bank. Gute Nachrichten sind das nicht.

Der Enthusiasmus der Anfangsjahre ist vorbei, jetzt muss sie der deprimierenden Realität ins Auge sehen: Bücher aussuchen, empfehlen, bestellen und manchmal auch verkaufen macht nicht reich. Und erst recht nicht das Lesen. Höchstens reich an Wissen und Geschichten. Und auch das nur, wenn man die richtigen Bücher liest.

»Ganz zu schweigen davon, dass ich ohne Filippos Unterstützung jetzt allein für die Wohnung aufkommen muss.«

»Klar macht dir das Sorgen! Aber es war trotzdem richtig, ihn zu verlassen«, versucht Emma sie zu trösten.

Meine Schwägerin, achtzig Jahre alt und kerngesund, sagt immer, dass die jungen Leute von heute besessen von der Idee sind, eine verwandte Seele zu finden, und dabei vergessen, dass ein Partner auch dazu dienen kann, sich die Lebenshaltungskosten zu teilen. Sie trennen sich bei der ersten kleinen Krise, weil ihnen der Pragmatismus fehlt. Für sie muss die Liebe immer kompromisslos sein, in guten wie in schlechten Tagen.

Zu unserer Zeit war das anders: Man blieb zusammen, weil sich das so gehörte. Und das war nicht immer falsch. Viele meiner Freundinnen lebten in einer unglücklichen Ehe, waren aber finanziell abgesichert. Und das ist doch schon was wert, in der heutigen Zeit!

Natürlich verstehe ich auch die Frauen aus Ninas Generation, die die absolute Erfüllung in einer

Beziehung suchen. Dieses Bedürfnis ist ganz bestimmt ein ganz großer Traum. Den man allerdings meist mit viel Schmerz und Frust bezahlt.

»Aber irgendeine Lösung wird es doch geben, oder?«, hakt Emma nach und knetet nervös die Finger.

»Einen Millionär heiraten?«

»Dann sollten wir besser über einen Plan B nachdenken.«

»Lotto?«

»Gute Idee ... oder besser noch, wir legen drei Münzen in die Erde und warten, bis der Geldbaum wächst.«

»Die Zahnfee hat meinem Cousin fünf Euro gebracht«, ruft Loris und hebt kurz den Blick von seinem Malbuch. »Er hat sich Eis und Tierfiguren davon gekauft.«

»Gute Idee! Für die Zahnfee bin ich zu alt, aber wenn du schnell machst, könnten wir deine Zähne unter Ninas Kissen legen!«, witzelt Emma.

»Oder ich könnte Andrea verprügeln und seine Zähne dafür verwenden«, schlägt Nina vor.

Nachdem Andrea sie monatelang umworben hatte, mit geistreichen Zitaten aus Romanen (die er wahrscheinlich nicht mal gelesen hatte), war sie schließlich schwach geworden. Filippo geriet immer mehr ins Hintertreffen. Allerdings hatte der gute Mann vergessen zu erwähnen, dass er verheiratet ist und nur auf eine Affäre aus war ...

»Reg dich nicht auf, das hilft auch nichts«, schalte ich mich ein.

»Wut ist für den Anfang schon mal ganz gut«, kommentiert die Blumenhändlerin fast zeitgleich, sodass mein guter Rat ungehört bleibt.

Sie umarmt ihre Freundin und zieht sie an sich. Da sie gut zwanzig Zentimeter größer ist, ruht Ninas Kopf an ihrer Brust.

Beim näheren Hinsehen erkenne ich eine Träne, die an Ninas Wange herabrinnt. Natürlich soll sie weinen, das ist doch ganz normal. Obwohl sie versucht stark zu sein, stark und erwachsen. Vielleicht sollte ich ihr sagen, dass Weinen das wirksamste Mittel gegen Liebeskummer ist, und zwar so lange, bis man keine Tränen mehr hat. Das habe ich vor Jahren mal in einer Illustrierten beim Friseur gelesen, und ich fand es hilfreich. Wenn sich der Schmerz in Tränen aufgelöst hat, dann kann man von vorn anfangen. Das klingt doch einleuchtend, oder?

»Ich war so blöd! Aber das habe ich dir ja schon gesagt. Vielleicht sollte ich mir diesen Satz eintätowieren lassen.« Nina löst sich von ihrer Freundin und wischt sich die Träne von der Wange.

»Hör auf, dich zu quälen! Wenn es um Gefühle geht, ist keiner blöd oder dumm. Man ist verliebt oder eben nicht.«

Ich würde dazu gerne etwas sagen, aber mir wird klar, dass ich trotz meines hohen Alters von der Liebe ziemlich wenig Ahnung habe.

Nicht dass ich nicht geliebt hätte, ganz im Gegenteil! Sechzig Jahre Ehe sind schließlich kein Pappenstiel. Aber in meinem Leben gab es nur einen Mann. Meinen. Keinen Liebhaber, keinen Flirt, nicht mal das Nachdenken über einen anderen. Ich gehörte zu Domenico, und das war's.

Statistisch gesehen gehöre ich damit zu den Unerfahrenen.

»Du bist eine richtige Frau geworden, Adele! Ich hätte dich fast nicht wiedererkannt«, hatte er gesagt, als ich ihn eines Abends bei einem Spaziergang traf. Damals war ich fünfzehn Jahre alt und ausnahmsweise allein unterwegs, ohne meine Brüder.

»Ach was, ich bin noch immer die Gleiche«, hatte ich erwidert, dabei war ich feuerrot geworden.

Domenico hatte schon immer gut ausgesehen, attraktiv, wie ein Schauspieler, ganz anders als die Freunde meiner Brüder. Er war gerade beim Militär und hatte einige Tage Heimaturlaub, die Dorfschönheiten umschwirrten ihn wie Motten das Licht.

»Und hübsch dazu«, hatte er ergänzt und mir eine Flasche Limonade hingehalten.

»Schmeichler! Das sagst du doch zu allen«, so viel Mut hatte ich mir gar nicht zugetraut, »sei froh, dass Vincenzino das nicht gehört hat.«

Vincenzo war mein ältester Bruder. Er und Domenico waren zusammen in die Schule gegangen und beste Freunde gewesen. Sie hatten wie Pech und Schwefel zusammengehalten, was immer auch passierte, bis zur Einberufung zum Militär. Mein zukünftiger Ehemann musste in die Kaserne nach Florenz, mein Bruder wurde wieder nach Hause geschickt, er hatte sich erfolgreich drücken können.

Wehrdienstuntauglich, weil bei ihm eine Schraube locker war. Beim Militär würde er verrückt werden, hatte er immer gesagt. Und er hatte Wort gehalten.

Während der medizinischen Untersuchung hatte er wirres Zeug gefaselt und war durchs Zimmer getorkelt, aber die Ärzte kannten alle Tricks und hatten ihn ins Leichenschauhaus gesperrt, um zu sehen, ob vierundzwanzig Stunden in der Gesellschaft von Toten ihn von seinem akuten Wahnanfall heilen würden. Vincenzino ließ sich nicht beirren und begann mit den Leichen zu scherzen, setzte sich mit ihnen in einen Kreis, was bei der Totenstarre gar nicht so einfach war, um zusammen über das Fußballspiel vom vergangenen Wochenende zu diskutieren. Die Ärzte gaben auf und schickten ihn nach Hause. Glückstrahlend schwenkte er einen Brief mit dem Attest seiner Untauglichkeit. Schon paradox, sich über die eigene Untauglichkeit zu freuen, aber diesmal war das gerechtfertigt.

»Wenn ich nicht nach Florenz zurückmüsste, würde ich deinen Vater fragen, ob ich dich wiedersehen darf. Dann könnten wir tanzen gehen oder ein Eis essen. Hättest du Lust?«

»Das sagst du doch nur, weil du wegfährst. Bestimmt hast du in Florenz sogar eine Freundin, mit der du zum Tanzen gehst.«

»Bist du etwa eifersüchtig?«, fragte er und lächelte mich mit einem unwiderstehlichen Funkeln in den Augen an.

»Eifersüchtig? Ich? So ein Blödsinn, du bist mir doch völlig egal«, hatte ich ihn abblitzen lassen, dabei aber den Blick abgewandt, damit er nicht sehen konnte, dass ich rot geworden war.

»Na gut, Adelina, was nicht ist, kann ja noch werden«, hatte er gesagt und mich dabei sanft am Arm berührt. Diese Berührung durchzuckte mich wie ein Stromstoß, wie bei Lady Chatterley. »In zwei Monaten, wenn der Wehrdienst vorbei ist, werde ich deinen Vater fragen, stell dich schon mal darauf ein. Ich hoffe, dass ich dir dann nicht mehr egal bin.«

Lautes Hupen bringt mich in die Gegenwart zurück. Ich stehe an der Ampel, umringt von ungeduldig wartenden Menschen. Autos rasen vorbei und ziehen Smogwolken hinter sich her. Die Wohnhäuser in dieser Gegend stehen dicht an dicht und sehen alle gleich aus, daneben haben sich chinesische Supermärkte, Handyläden, Pizza-Take-aways, schmuddelige Bars und immer volle Apotheken angesiedelt. Bin ich wirklich so weit gelaufen? Das ist mir gar nicht aufgefallen, meine Gedanken waren ganz woanders.

Die meiste Zeit verbringe ich ohnehin in der Buchhandlung, nur inmitten der Regale fühle ich mich wohl, das ist meine Welt.

Ich kann meine Füße nicht am Boden spüren, ich scheine zu schweben, wie ein Bach in seinem Bett fließe ich dahin. Den Weg nach Hause würde ich auch im Schlaf finden. Vor einem verrosteten Gittertor bleibe ich stehen. Ich lege meine Hände auf die Metallstreben und blicke in den Hof voller

Fahrräder und Mülltonnen. Hier, im ersten Stock dieses Mailänder Mietshauses mit hohen Treppenhäusern, langen Galerien und schlauchartigen Zimmern, haben Domenico und ich in unseren ersten Jahren gewohnt. Hier haben wir Pläne geschmiedet, geweint, gelacht, gestritten, bei offenem Fenster zu Abend gegessen, unsere Ersparnisse unter einer losen Bodenfliese neben dem Bett versteckt und unsere Mädchen gezeugt, die Zwillinge Maria und Rosa.

Ich betrachte das Haus, das ohne uns weitergelebt und neue Familien aufgenommen hat, Menschen, die ich nie kennenlernen werde, und meine Augen werden feucht. Ich lächele wehmütig darüber, was aus mir geworden ist, eine sentimentale alte Dame, die ihren Erinnerungen nachhängt.

Aus dem Eingang kommt eine Frau gestürmt, sie telefoniert wild gestikulierend und rennt mich fast um; ein Kleinlaster wird von einem Auto blockiert, das in zweiter Reihe geparkt hat; eine Horde Halbwüchsiger rast auf ihren Scootern wenige Zentimeter vor meinen Schuhen vorbei. Ich sehne mich nach Ninas Buchhandlung und meinem Sessel.

Während ich langsam den Rückweg antrete, reibe ich mir die schmerzenden Augen, vielleicht sind sie so viel Licht nicht mehr gewöhnt, jedenfalls habe ich Mühe, meine Umgebung klar zu erkennen.

Heute Morgen scheint die Sonne, der Himmel ist azurblau. Auch wenn solche Tage gar nicht so selten sind, hat man in der Stadt Mühe, sie wirklich wahrzunehmen. Als ob wir sie nicht verdient hätten. Wir machen unsere Umgebung ständig darauf aufmerksam, als brauchten wir die Erlaubnis der anderen dazu.

»Hast du gesehen? So ein wunderschöner Tag!«

»Ist dir schon aufgefallen, was für herrlichen Sonnenschein wir haben?«

Aber jetzt, auf der lauten Kreuzung, mit meinen schmerzenden, alten Beinen, kann ich plötzlich die Farben nicht mehr unterscheiden, mein vertrautes altes Stadtviertel verschwimmt in Schwarz-Weiß, mit allen Schattierungen von Grau.

Es wird Zeit, zu meinen Büchern zurückzukehren.

Als ich wieder in den Laden komme, sitzen Nina und Emma am Boden und essen Pizza direkt aus dem Karton, Loris sitzt auf dem Sessel, eine Serviette um den Hals und ein riesiges Stück Margherita in den Händen. Meine armen Polster!

»Sollte er nicht nach höchstens einer halben

Stunde wieder abgeholt werden?«, frage ich, ohne genau zu wissen, wie lange ich unterwegs war.

Plötzlich wird die Ladentür aufgerissen, wir fahren herum.

»Hallo, Habibi, habe ich dir gefehlt?«

»Mal ehrlich, Karim: Legst du es darauf an, dass das Schaufenster zerspringt? Dieses Mal hat nicht viel gefehlt!« Nina wischt sich mit der Serviette die Tomatensoße aus den Mundwinkeln und geht auf den Briefträger zu.

Karim bleibt stehen, die Leuchtweste über der Uniform und Schweißperlen auf der Stirn. Er balanciert einen Stapel Briefe, Päckchen und Pakete.

»Entschuldige, Nina, aber du bekommst zu viel Post. Kein Wunder bei den unzähligen Bewunderern.«

»Stimmt! Bei jedem Verlag einen. Nicht zu vergessen die Verehrer beim Stromkonzern, beim Finanzamt und bei der Hausverwaltung. Sie schreiben mir ständig.«

Sie macht Karim ein Zeichen, alles auf den Schreibtisch zu legen, der bereits von unbeantworteter Korrespondenz und anderen Schriftstücken übersät ist, die geduldig darauf warten, auf dem Stapel »das räume ich später auf« zu landen.

Wenn sie mir doch nur erlauben würde, ein bisschen Ordnung zu machen! Aber das ist Sperrgebiet, sie sagt, wenn ich dort aufräume, findet sie nichts mehr.

»Bitte hier unterschreiben, danke«, sagt Karim und hält ihr ein Gerät hin, auf dessen Display Nina ihren Namenszug kritzelt. »Und lächeln bitte, das macht dich noch schöner!«

Das lässt sich Nina nicht zweimal sagen und strahlt ihn an. Komplimente tun ihr gut.

»Du bist unwiderstehlich. Willst du mich nicht doch heiraten?«

Emma lacht: »Wenn Karim Millionär wäre, wären all deine Probleme gelöst!«

»Reich bin ich leider nicht, meine Schöne, aber ich würde dich wie eine Königin behandeln. Natürlich müsste ich erst meine Frau fragen«, fügt er grinsend hinzu und findet sich äußerst witzig. Der Woody Allen unter den Briefträgern.

Ninas Lächeln erstarrt zur Grimasse, die erlittene Schmach sitzt noch zu tief. Scherze über fremdgehende Ehemänner sind das Letzte, was sie jetzt braucht.

»Karim, besser, du gehst jetzt«, dränge ich, denn ich fürchte, sonst wird er zum Punchingball für ihren Zorn auf Andrea.

Doch bevor ich noch mehr hinzufügen kann, stehen zwei junge Burschen in der Tür.

»Guten Tag, dürfen wir reinkommen?«, fragt der eine schüchtern.

Nina komplimentiert den charmanten Postboten nach draußen, der nicht ahnt, wie knapp er einer Katastrophe entgangen ist, und wendet sich den beiden zu.

»Natürlich, wie kann ich euch helfen?«

»Wir wollen nur einen Blick hineinwerfen«, sagt der andere, ein dürrer Schlacks mit unschuldigem Blick.

Ich erinnere mich noch gut an eine Kundin, die genau dasselbe sagte. Sie warf einen flüchtigen Blick auf die Regale, und nach drei Sekunden war sie schon wieder draußen. Macht man das heutzutage so, wenn man hip sein will, Blicke in Geschäfte werfen?

Während die beiden zwischen den Regalen herumstreifen, räumt Emma die Pizzakartons zusammen und hilft Loris beim Händewaschen. Ich mag gar nicht daran denken, wie mein Sessel wohl jetzt aussieht.

»Meinst du, sie haben ihn hier dauerhaft geparkt?«, fragt Emma und wirft einen besorgten Blick auf die Uhr. »Ich muss meine Schwester im

Blumenladen ablösen. Kann ich dich allein lassen oder brauchst du noch Hilfe?« Ich räuspere mich, um sie daran zu erinnern, dass ich auch noch da bin. Alt, aber durchaus noch imstande einzuspringen, wenn es nötig ist.

»Geh ruhig, mach dir keine Sorgen. Irgendwann werden sie schon wiederkommen und ihn abholen. Hoffe ich jedenfalls«, flüstert sie, damit der Kleine sie nicht hört.

Doch wie auf Kommando, als hätte ein Zauberer mit den Fingern geschnipst, tritt Loris' Mutter durch die Tür, ihren mit Einkaufstüten beladenen Ehemann im Schlepptau.

Nina traut ihren Augen nicht. Kann es wahr sein, dass die beiden ihren Sprössling bei ihr gelassen haben, nur um in Ruhe shoppen zu können?

»Ihr wichtiger Termin hat aber länger gedauert als abgesprochen ...«, sie betont jedes Wort und legt ihre ganze Missbilligung hinein.

»Uff, allerdings, da war vielleicht was los! Zum Glück konnten wir alles erledigen«, antwortet die Frau, Ninas Vorwurf ignorierend. »Jetzt müssen wir uns aber beeilen, Loris«, ruft sie dem Kleinen zu, der wieder mit seinem Malbuch beschäftigt ist.

»Ich habe Pizza gegessen«, erzählt er nur und

bleibt seelenruhig sitzen. Er muss an solche Situationen gewöhnt sein.

Die Mutter rümpft die Nase. »Du sollst doch von fremden Leuten kein Essen annehmen, wer weiß, was da alles drin ist«, schimpft sie, packt Loris am Arm und zieht ihn von seinem Malbuch weg. »Aber ich nehme an, die Frau Buchhändlerin wollte nur nett sein.«

Nina ballt die Fäuste, und Emma legt ihr eine Hand auf die Schulter, um sie zu besänftigen, bevor sie explodiert.

»Die Frau Buchhändlerin hatte Mittagspause, und Ihr Herr Sohn war zwei Stunden bei ihr zwischengelagert.«

Die Frau will noch etwas sagen, aber nach einem kurzen Blick auf Emma, deren Augen zornig funkeln und die selbst mit flachen Schuhen noch größer ist als sie in High Heels, entschließt sie sich zu schweigen.

Loris löst sich aus dem mütterlichen Griff, rennt auf Nina zu und umarmt sie.

»Danke für das Malbuch, darf ich es behalten?«

Sie wuschelt ihm durchs Haar. Ich sehe sie an und bin sicher, dass wir beide gerade den gleichen Gedanken haben: Diese grässliche Person hat einen so netten Sohn gar nicht verdient.

»Klar, ich schenk's dir.«

»Das kommt gar nicht infrage«, schaltet sich der Vater ein, der bis dahin kein Lebenszeichen von sich gegeben hat, »das Buch bezahle ich selbstverständlich.«

»Lassen Sie nur«, sagt Nina und schaut ihn voller Verachtung an, »das ist nicht nötig.«

»Auf gar keinen Fall«, entgegnet er und zieht eine prall gefüllte Brieftasche aus der Jacke. »Sie sollen nicht denken, wir würden Sie ausnutzen. Wie viel bekommen Sie?«

»Drei Euro neunzig.«

Emma muss lachen. »Na, dann sind Sie ja jetzt quitt.«

Der Mann zuckt nicht mit der Wimper und reicht Nina einen Fünfzigeuroschein. »Können Sie mir den bitte wechseln?«

Verdammte Arthrose! Jetzt wäre der richtige Zeitpunkt für einen kräftigen Tritt in den Hintern.

Nina mustert ihn kühl, und er weicht instinktiv einen Schritt zurück.

»Gut«, stammelt er und wühlt in der Hosentasche nach Kleingeld. »Vier. Behalten Sie den Rest.«

Ninas Blick wird noch vernichtender, sie bewegt sich keinen Zentimeter. Er legt die Münzen auf den

Ladentisch und weicht wieder zurück. »Gut, dann gehen wir jetzt.«

Er nimmt die Tüten, die er abgestellt hat, und hastet auf den Ausgang zu, seine Frau folgt ihm, den Blick starr auf den Boden gerichtet, während Loris freundlich winkt.

Wir starren uns ungläubig an.

»Ich glaube nicht, dass wir die so bald wiedersehen«, stelle ich fest.

»Wir hätten das Kind verkaufen können, dann wären wir all unsere Geldprobleme los gewesen«, meint Emma.

»Quatsch!« Nina lächelt und schüttelt sich, als wolle sie das gerade Erlebte loswerden.

»Du solltest Kurse in ›Contenance‹ geben, darin bist du unschlagbar. Die wären bestimmt ein Renner, mit Teilnehmern aus dem ganzen Land.«

»Ich habe da meine Zweifel. ›Wie man seinem Mitmenschen nicht die Fresse einschlägt, obwohl man große Lust dazu hätte‹, ob man damit reich wird? Ich glaube, da muss ich mir was anderes einfallen lassen.«

»Ähm, ich hätte eine Frage«, hört man den dürren Schlacks fragen.

»Bitte …« Nina seufzt, nach diesem Tag ist sie auf alles gefasst. Was er wohl wissen will? Ob er ihr Auto waschen kann? Ob im Restaurant nebenan Kartenzahlung möglich ist? Ob sie die Bücher auch ausleiht?

»Kann man hier ein Buch kaufen, mit dem Auftrag, es dem nächsten Kunden zu schenken? Ich habe von dieser Aktion gehört und würde da gerne mitmachen.«

Ninas Gesicht hellt sich auf. »Ja, das geht bei uns, es war sogar meine Idee.«

Emma klatscht in die Hände: »Warum ist uns das nicht früher eingefallen? Das ist perfekt!« Sie wühlt in ihrer Tasche und sucht nach dem Handy. »Ach, da ist es ja! Ich hab die Nummer doch gespeichert«, murmelt sie und scrollt im Adressbuch. Wie macht sie das nur so schnell?

»Alles okay bei dir?«, fragte Nina verwirrt.

»Alles bestens«, antwortet Emma und zwinkert ihr zu, während sie die Anruftaste drückt. »Und entschuldige, dass mir bisher noch nicht aufgefallen ist, was für eine *geniale Freundin* ich habe.«

4

Es geschah vor vielen Jahren vor dem Werkstor von Tecnomasio Italiano Brown Boveri in der Via Sannio. Ich war in »Hundert Jahre Einsamkeit« vertieft. Oberst Aureliano Buendia versuchte gerade, sich von seiner unmittelbar bevorstehenden Exekution abzulenken, indem er an einen fernen Nachmittag zurückdachte, an dem sein Vater ihm das Eis zeigte.

Ich saß auf der gegenüberliegenden Straßenseite auf unserer Lambretta und wartete auf Domenico. Dass Studenten und Arbeiter dort gemeinsam Flugblätter verteilten, bemerkte ich gar nicht.

In diesen Vorfrühlingstagen hatten die jungen Leute auch die weniger Jungen davon überzeugt, dass es an der Zeit war, etwas zu ändern, Forderungen zu stellen und neue Verträge auszuhandeln: Lohnerhöhung, Arbeitszeitverkürzung, Rentenansprüche, bezahlbare Wohnungen. Und Würde. Vor allem forderten sie Würde.

Ende der 1960er Jahre lebten wir in einer kleinen, aber sehr gemütlichen Mietwohnung, hatten drei Kinder und ein Sparkonto. Wir waren bereit, auf vieles zu verzichten und hart zu arbeiten, ein Vermächtnis unserer Familien, die seit Generationen Bauern gewesen waren. Unser Vertrauen in die Zukunft war grenzenlos, das war unser Antrieb, unbeirrbar, ohne je auf den langen und steinigen Weg zurückzuschauen, der schon hinter uns lag.

Obwohl wir erwachsene Menschen waren, lechzten wir nach Erneuerung, stellten die Dinge infrage, wollten die herrschenden Zustände verändern. Wir waren praktisch Revolutionäre, denn damals hatte man mit dreißig vernünftig zu sein und verantwortungsbewusst zu handeln. In der staubigen Luft unserer Wahlheimat lag der Duft von Aufbruch und Rebellion, das absehbare Ende einer langen Epoche der Ungleichheit und Ungerechtigkeit, für die es keine Rechtfertigung mehr gab.

Während sich zu Hause meine Brüder um jeden Quadratzentimeter Feld und Olivenhain stritten, den ihnen mein Vater hinterlassen hatte, der mit seiner wettergegerbten Haut und den schwieligen Händen einfach tot umgefallen war, ohne seine Kinder auch nur einmal geküsst zu haben (um ihren Respekt nicht zu verlieren, wie er sagte), versuchten wir im Norden Italiens für unsere Kinder eine bessere Welt zu schaffen. Diese Chance stand uns zu, davon waren wir überzeugt.

Domenico war von Anfang an für die Sache der protestierenden Arbeiter Feuer und Flamme gewesen, das passte zu seinem Temperament. Obwohl er seit ein paar Jahren in der kleinen Schneiderei eines Cousins beschäftigt war und nicht mehr am Fließband stehen musste, wo Tausende Arbeiter für ihre Firma bis zur Erschöpfung Waggons für Züge und Straßenbahnen zusammenbauten, fühlte er sich doch den großen Zielen seiner Exkollegen tief verbunden.

An den Wochenenden fuhr er mit dem Motorroller kreuz und quer durch die Stadt, sprach mit Arbeitern, schrieb Pamphlete, organisierte Demonstrationen, diskutierte und verhandelte mit Politikern. Ab und zu war ich auch dabei, allerdings weniger, als ich mir das gewünscht hätte. Er versuchte, mich möglichst herauszuhalten, denn der Kampf begann härter zu werden und ich musste mich schließlich um die Kinder kümmern.

Wann immer es die Zeit zuließ, flüchtete ich

mich zu meinen fiktiven Freunden in Macondo, entwickelte eine Leidenschaft für die Hellseherei und überlebte mit meinem Helden sogar etliche Dosen von Strychnin im Kaffee.

Und nach der Begegnung mit diesem großartigen Mann, den seine eingeschworene Gemeinde nur »Gabo« nannte, wurde der Wunsch, mich weiterzubilden, immer drängender.

»Tante, ich muss Pipi!«, ruft Asia, Ninas sechsjährige Nichte, und rennt nach hinten, einen Zipfel ihres rosafarbenen Kleidchens fest umklammert.

»Soll ich mitgehen?«, fragt Nina und hebt den Blick.

»Ich bin schon groß, das kann ich allein«, antwortet sie stolz, bevor sie im Bad verschwindet.

Auf Nina hat die Kleine mit den kastanienbraunen Haaren und den Grübchen in beiden Wangen die Wirkung von Antidepressiva, nur wesentlich verlässlicher.

Seitdem Asia kurz vor dem Mittagessen in den Laden gestürmt ist, seufzt Nina nicht mehr vor sich hin, starrt nicht mehr apathisch durchs Schaufenster nach draußen, um auf wen auch immer zu warten, und hört auch nicht mehr diese melancholischen Lieder im Radio. Ich wäre sogar bereit, Englisch zu lernen, nur um zu verstehen, was an diesen Texten dran ist und ob sie wirklich die ideale Hintergrundmusik für Liebeskummer sind.

Asia kommt zurück, sie hat sich brav die Hände gewaschen, wie man es ihr beigebracht hat, und geht auf den Schreibtisch zu.

»Ganz sauber!«, sagt sie und streckt die Hände nach vorn. »Darf ich dir jetzt einen Kuss geben? In Lila?«

Nina nickt und wirft einer Kundin, die die Szene beobachtet, einen verschwörerischen Blick zu. Asia geht zur Wand, streicht mit dem Daumen darüber, als wolle sie sich etwas Farbe holen, und fährt dann über ihre Lippen, als wäre er ein Lippenstift. Dann geht sie zu ihrer Tante und küsst sie auf die Wange.

Ich habe in den letzten Tagen mehr kleine Kinder miterlebt als in den vergangenen zehn Jahren zusammen. Wenn mir das bei meinem Eintritt ins Seniorenalter passiert wäre, wäre ich jetzt vielleicht nicht so brummig.

»Was für ein zauberhaftes Kind«, sagt die Kundin und hält Nina das Buch hin, das sie kaufen möchte.

»Ah, ein Klassiker, ›Hundert Jahre Einsamkeit‹«, bemerkt die Buchhändlerin.

»Es lag ganz oben auf dem Stapel, und mir fiel

auf, dass ich es noch gar nicht kenne. Eine gute Idee, mal nicht nur die Neuerscheinungen als Blickfang zu präsentieren. Kompliment!«

Nina beißt sich auf die Lippen und überlegt fieberhaft, wie das Buch, das ganz hinten im letzten Regal gestanden hatte, auf dem Bestsellerstapel gelandet sein konnte.

»Adele hat mir erzählt, dass sie es schon dreimal gelesen hat und es sehr gut findet.« Ich versuche mein zufriedenes Lächeln zu unterdrücken. Endlich konnte ich Nina helfen und eine unschlüssige Kundin beraten.

Viele kommen einfach so in den Laden, ohne eine konkrete Vorstellung. Sie brauchen einen Impuls, ein ansprechendes Cover oder einen interessanten Klappentext. Ich helfe ihnen, indem ich diskrete Hinweise auf Bücher gebe, die ich für lesenswert halte. Direkte Empfehlungen verkneife ich mir, denn die meisten Kunden wollen das Gefühl haben, selbst entschieden zu haben. Es ist alles eine Frage der Taktik; wenn sie sich bevormundet fühlen, kommen sie nicht wieder. Aber wenn das Buch wie zufällig in ihre Hände gerät, ist das eine ganz andere Sache. Deshalb räume ich schon seit geraumer Zeit um: »Der Baron auf den Bäumen« kommt in die Fantasy-Ecke, »Stolz und Vorurteil«

auf den Bestsellerstapel, »Lolita« etwas weiter nach rechts, hier ein Hemingway, dort ein Camus, immer wohldosiert, nur Gibran braucht keine Strategie, der passt überallhin.

Bisher hat sich niemand beschwert. Es ist mir immer gelungen, die Kunden glauben zu lassen, sie hätten den Titel selbst ausgewählt.

Ein Mann im Zweireiher bleibt auf der Schwelle stehen und sieht sich unschlüssig um, als ob er noch nicht wüsste, ob er den Laden betreten soll oder nicht.

»Geh ruhig ein bisschen spielen«, sagt Nina zu ihrer Nichte und schickt sie zu den Kinderbüchern, die heute »Poppapp« heißen, glaube ich jedenfalls. Man öffnet sie, und schon springen einem regelrechte Welten entgegen, Löwen, Dschungel, Schlösser, Bäume oder Drachen.

Asia rennt auf meinen Sessel zu, ein Buch fest an die Brust gedrückt. Will sie vielleicht auf meinen Schoß? Dann stoppt sie und schaut mich mit ihren rehbraunen Augen ungläubig an. Als hätte sie mich noch nie zuvor gesehen.

»Ich tu dir nichts, Asia, ich bin nur eine alte Frau, vor mir muss keiner Angst haben.«

Sie zwinkert, öffnet den Mund, um etwas zu sagen, klappt ihn dann aber wieder zu. Einen Moment lang bleibt sie einfach stehen, dann lächelt sie, legt mir das Buch auf die Knie und fängt an darin zu blättern.

»Kann ich Ihnen helfen?«, fragt Nina.

Der Mann mustert die Wände ausgiebig von rechts nach links. Hält er unsere dreißig Quadratmeter etwa für die Sixtinische Kapelle?

»Ich bin hier, wenn Sie mich brauchen.«

»Vielleicht können Sie mir wirklich helfen«, beginnt er und kommt in die Realität zurück, »ich habe meinem Sohn gerade eine Wohnung gekauft ...«

Er hält inne und wartet ab. Soll Nina ihm jetzt gratulieren?

»Er ist Geschäftsmann, immer unterwegs, hat viel Verantwortung ...«

Erneute Pause. Nina verschränkt die Arme vor der Brust, die typische Haltung für »Kommen Sie bitte zur Sache!«.

»Im Wohnzimmer steht ein wertvolles Bücherregal, ein Meisterwerk der Schreinerkunst, glauben Sie mir, das hat ein Vermögen gekostet. Es nimmt die ganze Wand ein, und wir suchen jetzt ... Besser gesagt, ich suche, er ist ja immer auf Reisen und hat Wichtigeres zu tun. Nun, ich suche nach Büchern, mit denen wir das Regal füllen können.«

Meine junge Freundin strahlt, als hätte sie gerade das große Los gezogen. Ein solches Geschäft könnte ihre finanziellen Probleme lösen, nach der langen Durststrecke, die hinter ihr liegt.

»Dann sind Sie bei mir richtig! Erzählen Sie mir doch etwas über die Vorlieben Ihres Sohnes, dann kann ich Ihnen entsprechende Vorschläge machen. Die Auswahl ist riesig.«

»Nun ja, ich suche nach gewichtigen Büchern.«

»Sie meinen Bücher, die Gewicht haben, literarisch gesehen? Oder einfach dicke Bücher wie ›Die Säulen der Erde‹ von Ken Follett?«

»Hören Sie, der Autor ist mir egal. Mein Sohn liest ohnehin nicht. Er hat gar keine Zeit, dazu ist er viel zu beschäftigt. Ich dachte an Ladenhüter, Bücher, die Sie loswerden wollen, die vielleicht in der Abstellkammer verstauben.«

Nina kann es einfach nicht glauben: »Können Sie das bitte noch einmal wiederholen?«

»Ich meine Bücher, die Sie mir schenken können, solche, die sowieso nur rumstehen.«

Das ist der Kunde des Tages, ohne Zweifel!

»Es tut mir wirklich leid, glauben Sie mir, aber schenken kann ich Ihnen nichts. Ich verkaufe Bücher, das ist mein Beruf. Nicht ganz so toll wie der Ihres Sohnes, aber immerhin.«

»Schon gut, aber versetzen Sie sich in meine Lage. Ich hatte vorgeschlagen, Attrappen zu besorgen, das fällt doch im Regal gar nicht auf. Aber das wollte er nicht. Er meinte, echte Bücher machen mehr Eindruck, das wäre wie beim Parkett. Und im Grunde ist das doch eine Win-win-Situation, er kann sein Regal füllen, und Sie haben Platz für wichtigere Dinge. Sie haben doch bestimmt kistenweise Bücher, die Sie ohnehin nicht mehr loswerden. Wer liest denn heutzutage noch? Ich entsorge sie Ihnen gratis.«

… sieben, acht, neun, zehn.

Nina lässt genau zehn Sekunden verstreichen, bevor sie antwortet. Immerhin möchte sie den bemühten Vater nicht beleidigen. Und sie möchte auf keinen Fall, dass ihre Nichte Zeugin eines Wutausbruchs wird, der sie noch jahrelang beschäftigt.

»Ich sage es gerne noch einmal, bei mir sind Sie falsch.«

»Ich will doch nur helfen«, versucht er es weiter, offensichtlich überzeugt, ein gutes Werk zu tun, wenn er das maßgeschreinerte Regal seines Sohnes mit Literaturschrott füllt, literarisches Recycling sozusagen.

»Falls Sie einmal ein Buch zum Lesen brauchen sollten, bin ich Ihnen gerne behilflich«, sagt Nina und deutet dann auf die Tür, von der er sich die ganze Zeit nicht entfernt hat. Wahrscheinlich fürchtet er, Literatur sei ansteckend.

Er wirft noch einen letzten Blick auf die Regale, schüttelt den Kopf und geht, ohne ein Wort des Abschieds.

»Warum kommen die alle zu mir? Was habe ich nur falsch gemacht?« Nina verdreht die Augen. Dann massiert sie sich die Schläfen, um die dahinter lauernden Kopfschmerzen am Ausbrechen zu hindern; den Mechanismus kennt sie nur zu gut.

»Erzählst du mir die Geschichte vom Löwen?«, fragt Asia. »Von dem, der Gemüse frisst?«

Nina schaut sie an, und ihr Lächeln kehrt zurück.

»Komm zu mir, mein Schatz.« Sie setzt sich auf den Schreibtisch, breitet die Arme aus und wartet, dass die Kleine auf ihren Schoß klettert. »Klar erzähle ich dir die Geschichte vom Allesfresser-Löwen.«

Als ich mit meiner Weiterbildung begann, war ich sechsunddreißig, was damals für Frauen schon ein fortgeschrittenes Alter war, in dem man keine großen Veränderungen mehr plante geschweige denn die Verwirklichung von Träumen. Das gehörte sich einfach nicht.

Als Kind war ich eine fleißige und strebsame Schülerin gewesen und hatte meinem Vater sogar die Erlaubnis abgetrotzt, das Gymnasium zu besuchen. Aber nachdem Domenico mir einen Antrag gemacht hatte, war mein Leben mit einem Schlag auf den Kopf gestellt, und ich brach die Schule ab, zwei Jahre vor dem Abschluss. Meine Familie begrüßte diesen Schritt, sie hielten Bildung sowieso für überflüssig: Schreiben, Lesen und Rechnen, mehr war nicht nötig. So früh wie möglich Geld verdienen, das war die Devise.

Damals fand ich das richtig. Durch meine Arbeit trug ich dazu bei, dass wir in den Norden ziehen konnten, ich unterstützte meine Familie und war unabhängig. Bedauert habe ich allerdings, dass ich viel zu wenig Zeit zum Lesen hatte und meine Studien nicht zu Ende gebracht hatte. Ich wollte mich mit etwas beschäftigen, das nicht mit Geldverdienen zusammenhing, das nicht dazu diente, die Miete, Schuhe für die Zwillinge oder neue Wäsche zu bezahlen.

Die Möglichkeit, das eigene Leben selbstverantwortlich zu gestalten, ist wahrscheinlich das Einzige, worum ich die junge Generation beneide. Sie können studieren, reisen und die Welt kennenlernen. Sie können bei ihren Eltern wohnen, bis sie dreißig sind, oder ausziehen, ohne zu heiraten. Sie können keine Kinder wollen und werden trotzdem akzeptiert oder können welche bekommen und trotzdem ihre Berufe ausüben.

Sie sind frei, auch wenn es natürlich nicht auf alle zutrifft, für einige ist es sicher einfacher als für andere.

Aber uns Frauen von damals, die vor dem Krieg geboren wurden und in einem sich rasant und oft gewalttätig und chaotisch verändernden Land aufgewachsen sind, boten sich diese Chancen nicht. Und wer es dennoch versuchte, wer das riskierte, war entweder sehr mutig oder sehr verzweifelt.

Als mich das Schicksal zu Nina führte, war das wie eine Zeitreise. Ich fand vieles von mir in ihr wieder, stellte aber auch große Unterschiede fest. Sie hat weder meine Härte noch meinen Zynismus, die mir in meinem Überlebenskampf nützlich waren, aber sie ist entschlossen, mutig und hat eine Vision – genau wie ich.

Sie hat es als Angestellte in einem Unternehmen versucht, mit vierzehn Monatsgehältern, Mittagessen in der Firmenkantine und bezahltem Urlaub. Ein sicherer Arbeitsplatz, ein wertvolles Gut in unsicheren Zeiten. Aber das war es nicht, was sie wollte. Sie wollte Bücher um sich haben, sie berühren und an ihnen riechen. Sie wollte ihre Lieblinge in die Regale räumen, wollte Bücher bestellen, verkaufen und lesen. Vor allem lesen.

Seit fünf Jahren komme ich nun zu ihr, in diesen kleinen Laden am Übergang zur Peripherie, und erlebe dort die unglaublichsten Abenteuer. Wir haben den weißen Wal gejagt, mit dem attraktiven Mister Darcy getanzt, mit der anstrengenden Familie Malaussène und ihrem epileptischen Hund zu Abend gegessen, Commissario Montalbano geholfen, seine Fälle zu lösen, und als Schiffbrüchige in Gesellschaft eines Tigers zweihundertsiebenundzwanzig Tage auf einem Floß mitten im Ozean zugebracht.

Während der langen quälenden Monate, in denen mein Mann krank war, habe ich hier im Sessel zu jeder Zeit einen sicheren Rückzugsort gefunden, selbst wenn es nur für ein halbes Stündchen war. Und als Domenico starb und es mich zerriss wie ein Stück Papier, waren es nicht meine Kinder, an die ich mich klammerte, um in dieser mir plötzlich so feindselig vorkommenden Welt zurechtzukommen: Es war Nina.

Sie bot mir Halt, mit ihrer Wärme, ihrer Tatkraft, mit ihrer stets offenen Tür. Sie tröstete mich. Und jetzt, sagt mir mein Instinkt, ist die Zeit gekommen, mich zu revanchieren, sie dabei zu unterstützen, ihr seelisches Gleichgewicht wiederzufinden, das sie durch ihren unvorsichtigen Umgang mit Gefühlen verloren hat.

»Hallo, darf ich reinkommen?«

Filippo steht in der Tür, Ninas Exverlobter. Sie haben sich vor ein paar Wochen getrennt, aber er macht nicht gerade den Eindruck, deswegen ein gebrochener Mann zu sein. Er ist frisch rasiert, trägt ein perfekt gebügeltes Hemd unter der Lederweste, die Augen werden von einer dunklen Pilotensonnenbrille verdeckt, die er erst abnimmt, als er in der Mitte des Ladens steht.

Er lächelt verlegen. Vielleicht ist es das erste Mal, dass er sie nach der Trennung wiedersieht.

»Oh, c... ciao«, stammelt Nina. Asia rutscht von ihrem Schoß und rennt auf ihn zu.

»Onkel Fili!«, ruft sie begeistert. Sie weiß noch nicht, was in der Welt der Erwachsenen vor sich geht. Man kommt und geht eben. Einfach so.

»Hey, meine Prinzessin!«, sagt er und streichelt ihr zärtlich über den Kopf.

Kinder lieben ihn, das hat sich bei Lesungen in der Buchhandlung immer wieder gezeigt, und Asia und er sind ein Herz und eine Seele. Dass Filippo der erste in einer langen Reihe von Lügnern ist, die

Asia in ihrem Leben kennenlernen wird, weiß sie jetzt noch nicht.

Nina bittet sie, zu mir rüberzugehen. Sie setzt sich neben meinen Sessel auf den Boden und spielt mit einer Puppe, die sie aus dem Regal genommen hat. Unser Maskottchen. Nina macht Filippo ein Zeichen, sie gehen vor die Tür und setzen sich nebeneinander auf die Stufe, die von den warmen Strahlen der Nachmittagssonne beschienen wird.

Ich quäle mich aus meinem Sessel hoch und schleiche ans Schaufenster. Worüber die beiden wohl reden?

Damit wir uns recht verstehen: Ich horche nicht. Ich stecke meine Nase auch nicht in die Angelegenheiten anderer Leute, weil mir langweilig ist. Ich muss einfach wissen, was los ist, damit ich Nina zur Seite stehen kann. Je mehr Informationen ich habe, desto besser. In gewissem Sinne geht es ja auch um die Zukunft des Buchladens. Und damit auch um mich. Irgendwie.

»Wenn du nicht ans Telefon gehst, muss ich eben persönlich vorbeikommen«, sagt er gerade, als ich in Hörweite komme.

»Ich brauchte einfach Zeit, um nachzudenken und zu verstehen.«

»Na ja, Zeit hast du ja jetzt gehabt. Meinst du nicht, wir sollten es noch mal miteinander versuchen?«

Nina seufzt, lehnt den Kopf gegen die Scheibe, schließt die Augen und streckt ihr Gesicht der Sonne entgegen.

»Ich weiß nicht, Filippo, so einfach ist das nicht. Es funktioniert doch schon lange nicht mehr zwischen uns, wir sind uns irgendwie fremd geworden. Du kamst abends spät aus dem Büro, warst ständig auf Geschäftsreise. Irgendwann habe ich sogar den Klang meiner Stimme gehasst, wenn ich dich am Telefon gefragt habe, wo du gerade bist.«

»Jetzt übertreibst du aber«, beschwichtigt er. Seine übliche Masche, wenn es Konflikte gibt. Für ihn war Nina zu konsequent. »Alle Paare haben Höhen und Tiefen.«

»Machen wir uns nichts vor: Wir lieben uns nicht mehr.« Ihre Stimme bebt. Sie ist kurz davor in Tränen auszubrechen, aber Asia zuliebe hält sie sich zurück. »Du hast mich nicht einmal mehr berührt, von Zärtlichkeit keine Spur. Manchmal habe ich mir vor dem Zubettgehen die Zähne blutig geputzt, in der Hoffnung, dass du schon schläfst, wenn ich ins Schlafzimmer komme. Ich hatte keine Lust mehr auf diese Kälte.«

»Ich war doch nur müde«, antwortet er und streicht ihr übers Bein.

Nina steht auf. »Filippo, es tut mir leid. Als ich damals Schluss gemacht habe und einfach weggegangen bin, habe ich … die Nacht bei einem anderen Mann verbracht.« Sie schafft es nicht, ihm bei ihrem Geständnis in die Augen zu sehen.

Filippo wird leichenblass.

Das hast du wohl nicht erwartet, Onkel Fili?

»Vorher war nichts zwischen diesem Mann und mir, das wollte ich dir nicht antun. Aber als mir klar war, dass unsere Beziehung zu Ende ist, war ich frei. Und das habe ich ausgenutzt.«

Sie wischt sich eine einzelne Träne von der Wange.

»Ich habe alles kaputt gemacht«, fährt sie fort, »und ich schäme mich dafür. Das hast du nicht verdient. Aber es ist nun mal passiert, und unsere Beziehung ist ein für alle Mal vorbei. Endgültig.«

Nina dreht sich um und geht in die Buchhandlung zurück.

Ich will schnell zu meinem Sessel, dabei stoße ich gegen den Schreibtisch, der Papierstapel gerät ins Wanken und stürzt zu Boden. Als ich hastig wieder Ordnung mache, fällt mir ein Kuvert ins Auge, ein dicker Umschlag aus bräunlichem Papier.

Eine der üblichen Rechnungen ist das nicht. Leider kann ich mit meinen gichtgeplagten Fingern nicht ertasten, was drin ist. Ich habe zwar eine Vorahnung, doch als ich den Absender lese, falle ich fast in Ohnmacht. Ich habe das Gefühl, dass sich unter mir der Boden öffnet, bereit mich zu verschlingen. Dieser Name, diese Schrift … Was hat das zu bedeuten? Kann es sein, dass …?

Viel Zeit, den Tiefschlag zu verdauen, habe ich nicht, denn Filippo ist ebenfalls aufgestanden und Nina in die Buchhandlung gefolgt. Er legt ihr die Hand auf die Schulter und verkündet in gewohnt selbstgefälliger Art: »Und wenn ich dir sage, dass ich auch eine Affäre hatte, würde das dein schlechtes Gewissen beruhigen? Nach dem Motto: Schwamm drüber, wir fangen beide neu an?«

5

Es folgt eine nicht enden wollende Stille voller Peinlichkeit.

Obwohl seit Filippos Geständnis nur wenige Sekunden vergangen sind, habe ich das Gefühl, die Zeit wäre stehen geblieben. Als hätte jemand die »Stopp«-Taste eines Videos gedrückt und den gerade laufenden Film angehalten.

Er steht an der Tür, seine Augen scheinen um Verzeihung zu flehen, aber ehrliches Bedauern lese ich darin nicht. Nina ist nur einige Schritte von ihm entfernt, sie hat den Kopf gesenkt, ihre Schultern sind nach vorn gesunken. Die zitternden Hände sind zu Fäusten geballt, sie atmet tief ein und aus; um ihre Tränen zu unterdrücken, nehme ich an.

Ich stehe immer noch am Schreibtisch, den braunen Umschlag in der Hand, und presse die Lippen aufeinander. Alles, was ich jetzt sagen würde, wäre falsch. Das ist nicht meine Geschichte, auch wenn ich allzu gerne eingreifen würde. Aber das darf ich nicht. Noch nicht.

Asia hebt den Kopf und beobachtet das Geschehen mit vor Aufregung geröteten Wangen. Auch wenn sie vielleicht nicht versteht, worum es geht, ist sie doch klug genug zu ahnen, dass das hier eine Sache zwischen Erwachsenen ist, in die man sich besser nicht einmischt.

»Du hattest was?« Ninas Stimme ist kaum mehr als ein Flüstern.

»Es war nur eine flüchtige Affäre, nichts Wichtiges. Ich weiß jetzt, dass du die Frau meines Lebens bist, nur du bist mir wichtig …« Filippo feuert die Worte heraus wie ein Maschinengewehr, damit sie keine Zeit zum Fragen hat, und überhäuft sie mit Liebesschwüren.

Warum zum Teufel hat er sie dann betrogen?

Weiß man wirklich erst, wie sehr man jemanden liebt, nachdem man ihn verletzt und gedemütigt hat?

Er geht auf Nina zu und berührt sie am Arm.

»Fass mich nicht an«, faucht sie.

»Jetzt überleg doch mal, du hast mich verlassen, hast gerade zugegeben, dass du mit einem anderen

Mann zusammen warst ... eigentlich bin ich doch derjenige, der wütend sein müsste.«

»Tante Nina?« Asias besorgte Stimme aus der Ladenecke hält sie davon ab, sich in ein Raubtier zu verwandeln und ihren Exverlobten in Stücke zu reißen.

»Es ist alles in Ordnung, mein Schatz«, antwortet sie und zwingt sich zu einem Lächeln. Ihre Augenlider zucken; es fällt ihr nicht leicht, ruhig zu bleiben.

»Streitet ihr?«, fragt die Kleine, erstaunt über das merkwürdige Verhalten der beiden, die sich doch immer so gut verstanden haben. Woher soll sie auch wissen, dass Erwachsene manchmal gezwungen sind, »den Schein zu wahren«.

»Schätzchen, Onkel Filippo hat nicht die Wahrheit gesagt, und jetzt bin ich sauer auf ihn«, versucht Nina zu erklären.

»Ich habe nur gelogen, weil Tante Nina auch gelogen hat«, stellt Filippo klar.

Sie funkelt ihn mit einem vernichtenden Blick an, den ich ihr gar nicht zugetraut hätte.

»Jetzt reicht's aber! Das kann man überhaupt nicht vergleichen. Ganz im Gegenteil. Um dich nicht zu betrügen, habe ich vorher Schluss gemacht, so schwer es mir auch fiel. Aber dein Geständnis hat mir endgültig die Augen geöffnet. Im Klartext: Ade, Onkel Fili!«

Asia zieht sich an der Armlehne meines Sessels hoch, während ich mich ganz klein mache, am liebsten hätte ich mich in dem Regal mit den Sonderausgaben verkrochen. Die Situation ist peinlich und dramatisch zugleich. So etwas sollte unter vier Augen besprochen werden. Ein unschuldiges Kind und ein angestaubter Bücherwurm sind bei einem so delikaten Thema fehl am Platz.

»Warum denkst du nicht noch mal in Ruhe über alles nach?« Filippo lässt nicht locker. Ich habe den Eindruck, er nimmt Nina immer noch nicht richtig ernst.

Sein selbstgerechter Gesichtsausdruck lädt regelrecht dazu ein, ihm eine zu kleben, und ich muss mich sehr zurückhalten, um die Einladung nicht anzunehmen.

Was hatte sich Nina für Vorwürfe gemacht! Nur weil sie nach monatelanger Demütigung und seelischer Eiszeit eine Nacht mit einem anderen verbracht hat? Und weil sie es war, die den Schlussstrich gezogen hat. Aber war es nicht sehr viel schwieriger, jemanden zu verlassen, als verlassen zu werden? Eine Beziehung zu beenden, die sich nur noch dahingeschleppt hatte. Und er? Moral und Ehrgefühl waren ihm völlig fremd, er führte ein Doppelleben, hatte eine Geliebte und nicht das geringste Schuldbewusstsein! Und wenn Nina ihn nicht vor vollendete Tatsachen gestellt hätte, wäre es einfach so weitergegangen. Für ihn war die Sache ja bequem, hier Nina, dort die aufgetakelte Brünette.

Ich habe die beiden nämlich zusammen gesehen.

Sie gingen seelenruhig zusammen spazieren, locker plaudernd, als wären sie Arbeitskollegen. Dass Nina zu Hause auf ihren Verlobten wartete, war ihnen offenbar egal.

Und eines Abends habe ich sie in flagranti erwischt, eng umschlungen gegen ein Auto gelehnt. Die nur spärlich beleuchtete Straße direkt neben der alten Eisenbahnlinie war menschenleer. Hier fühlten sie sich sicher. Sie bemerkten nicht einmal, als ich mich an ihnen vorbeischlich. Diesen Weg nehme ich immer, wenn ich nach Hause gehe. Andere Leute meiden diese Gegend, aber ich fühle mich hier sicher: Es ist mein Viertel, was soll mir da passieren? Ich mag zwar alt, gebrechlich und ein bisschen zerstreut sein, aber Filippo habe ich sofort erkannt. Er lachte, zog die Frau an sich und küsste sie auf Hals und Mund. Sie schob ihn kokett von sich weg und zog ihn dann wieder an sich, wie das

Verliebte so machen. Falls es überhaupt um Liebe ging und nicht nur um Sex.

Hätte ich damals etwas zu Nina sagen sollen? Dass ich ihren langjährigen Verlobten, den ihre Familie mit offenen Armen aufgenommen hatte, dabei erwischt hatte, wie seine Lippen auf einer anderen klebten? Hätte ich mich in ihr Privatleben einmischen, Zweifel und Misstrauen säen sollen, nur weil ich im falschen Moment am falschen Ort war?

Vielleicht hätte ich ihr damit diese peinliche Situation erspart. Aber die Verkündigung von schlechten Nachrichten liegt mir einfach nicht.

Ich weiß noch, dass am Tag drauf in der Buchhandlung viel Betrieb war und Nina keine Zeit für mich hatte. Sie lächelte still in sich hinein und war voller Elan, denn ihr Verehrer war bereits in ihr Leben getreten und überhäufte sie mit Komplimenten. Noch ahnte sie ja nicht, dass dieses Gefühl nur ein Strohfeuer war, das schon wieder erkaltete.

An diesem Tag hätte ich sie einweihen müssen, wahrscheinlich machen Freundinnen das so: Sie schonen dich nicht, sondern sind ehrlich und helfen dir, Krisen zu überwinden. Aber ich habe geschwiegen, und nur wenige Stunden später war alles vorbei.

Mein Unfall. Keine Gefühle mehr. Blackout.

Was war passiert? So genau will ich das auch heute gar nicht wissen. In mir war alles leer, ich hatte viel Blut verloren, trotzdem spürte ich keine Schmerzen.

Als das Schlimmste überstanden war und ich wieder in den Buchladen gehen konnte, schien Nina eine andere geworden zu sein. Rotgeweinte Augen zeugten von einem tiefen Schmerz. Da wollte ich nicht noch mehr schlechte Nachrichten hinzufügen.

Und jetzt hat sie es selbst herausgefunden. Die Wahrheit kommt immer ans Licht.

»Ich will mich gar nicht beruhigen«, faucht sie und schiebt ihn aus dem Laden. »Ich will nur, dass du aus meinem Leben verschwindest.«

»Sei doch nicht so verbohrt, Nina. Wenn du mich jetzt wegschickst, machst du einen Fehler, den du eines Tages bitter bereuen wirst. Ich glaube nicht, dass viele Männer auf Frauen stehen, für die ihre Arbeit das Wichtigste ist.«

»Du bist wirklich ein Dreckskerl, was ist denn mit deiner Arbeit ...« Sie hält inne. Ihre Synapsen feuern auf Hochtouren. »Moment mal ... immer, wenn du behauptet hast, du wärst bis spät im Büro gewesen ... diese plötzlichen Geschäftsreisen ... das war alles gelogen, da warst du bei ihr!«

Filippo kratzt sich verlegen am Kopf und versucht Zeit zu gewinnen. Jetzt muss er sich etwas einfallen lassen. Ich bin gespannt.

»Dann warst du bei ihr, oder?« Nina lässt nicht locker.

»Das kann schon sein, so genau erinnere ich mich nicht mehr …«

»Hau ab!«

Ihren Schrei kann man bestimmt bis Pavia hören.

Asia kauert sich im Sessel zusammen und presst die Puppe an sich.

»Du warst es doch, die mich in die Arme einer anderen getrieben hat. Du und deine verfluchten Bücher. Du bist regelrecht besessen von diesem Laden, hast keine Zeit für nichts und niemanden. Als du noch im Büro gearbeitet hast, war alles besser. Du hast ja einen Dachschaden durch die vielen Bücher!«

»Dachschaden? Na warte«, brüllt sie, greift sich das erstbeste Buch und schleudert es Filippo an den Kopf. Er kann gerade noch ausweichen. Das Buch klatscht auf den Boden, ein unschuldiges Opfer in einem Krieg, für den es rein gar nichts kann.

Er flucht, sie keift zurück, und ich hoffe nur, dass gerade jetzt kein Kunde auftaucht. Filippo verschwindet. Immer noch bebend vor Wut hebt

Nina das Buch vom Boden auf, das sie als Wurfgeschoss missbraucht hatte.

»Totalschaden«, seufzt sie und wirft es in eine Kiste. »Entschuldige, Don Winslow, es handelte sich um einen Notfall.«

»Du hast schlimme Wörter gesagt.« Asia schaut sie mit großen Augen vorwurfsvoll an.

»Du hast recht, das war nicht gut. Schlimme Wörter darf man nicht sagen«, flüstert sie und streckt ihr die Arme entgegen.

Die Kleine steht auf und läuft auf sie zu. »Warum warst du so wütend? War Onkel Fili böse zu dir?«

»Sehr böse, aber das ist jetzt vorbei, du musst keine Angst mehr haben.« Nina drückt Asia an sich.

»Es tut mir leid.«

»Das macht nichts. Mama war auch schon wütend auf Papa, aber dann haben sie sich wieder lieb gehabt und wir waren alle zusammen Eis essen.«

Nina hat die Augen geschlossen und hält ihre Nichte ganz fest, nach und nach weicht die Anspannung aus ihrem Gesicht.

»Ich habe eine Idee. Warum gehen wir nicht auch ein Eis essen?«, schlägt sie vor und lässt Asia los.

»Geht das?«

»Klar, wir hängen das ›Geschlossen‹-Schild an die Tür und holen uns schnell eines.«

»O ja!« Asia klatscht begeistert in die Hände. Die Streiterei scheint sie schon vergessen zu haben. Wie lange Nina wohl dazu brauchen wird? »Kann ich auch Sahne haben? Nimmst du auch Sahne?«

»Nur wenn sie vegane Sahne haben«, ruft Nina aus dem Badezimmer.

»Aber Tante Nina, Sahne ist doch nicht von Tieren, die kommt aus den Wolken!«

Nina trocknet sich mit einem Handtuch ab, sie muss sich Wasser ins Gesicht gespritzt haben, um sich zu beruhigen. Dann nimmt sie Asia an der Hand, geht durch die Tür und sperrt hinter sich ab.

Ich schaue ihnen nachdenklich hinterher, bis mir klar wird, dass sie mich eingeschlossen haben.

Sie haben mich vergessen.

Sie haben Adele vergessen.

Kein Wunder: Nina war mit ihren Gedanken noch bei Filippo und dem ganzen Chaos, während Asia nur das Eis im Kopf hatte.

Pech gehabt.

Eine alte Frau kann man schon mal vergessen. Pech gehabt.

So etwas passiert Menschen wie Nina, die noch jung ist und das ganze Leben noch vor sich hat.

Niemand sagt dir, dass auch du irgendwann mal alt wirst und anderen zur Last fällst.

Meine Mutter hat einmal etwas Ähnliches gesagt, als ich sie das letzte Mal sah. Meine Brüder hatten mich angerufen, und ich war nach Ginosa gefahren. Ihr Körper wollte nicht mehr, obwohl sie erst knapp über siebzig war, aber das entbehrungsreiche Leben, die harte Arbeit auf dem Feld und die Sorgen um ihre Kinder hatten sie vor der Zeit altern lassen.

Sie lebte immer noch in dem abgelegenen Gehöft, in dem ich geboren und aufgewachsen bin, zusammen mit meinem Bruder Vincenzo und seiner Frau, die nach Vaters Tod zu ihr gezogen waren, um sie zu unterstützen und im Gegenzug einen größeren Anteil am Erbe zu bekommen.

Darüber muss man nicht die Nase rümpfen. Selbst der treueste Sohn hat das Recht auf eine Gegenleistung, wenn er sich um die Eltern kümmert. Eine Familie ist ein fragiles Gebilde aus Geben und Nehmen, Unterstützung und Entlohnung.

Meine Mutter hat das glasklar formuliert: »Ich habe so viel für euch getan, habe euch alles gegeben; jetzt seid ihr dran. Jetzt brauche ich euch.«

Was wäre passiert, wenn ich das von meinen Zwillingen verlangt hätte? Wenigstens ein bisschen

Dankbarkeit? Wahrscheinlich wären sie sonntags ab und zu mit mir essen gegangen, um ihr schlechtes Gewissen zu beruhigen.

Aber um Zuneigung betteln? Nein, dazu bin ich zu stolz. Sollten Kinder das nicht von sich aus tun? Eltern haben es nicht leicht, genauso wenig wie ihre Kinder.

Im Sessel, meinem selbst gewählten Käfig, fühle ich mich ein wenig wie die Bücher um mich herum. Auch ich stecke voller Geschichten, heitere oder traurige, einfache oder komplizierte, allgemeine oder persönliche. Und wer weiß, vielleicht ist auch meine Geschichte es wert, gelesen zu werden, denn im Grunde ist jedes Leben ein Abenteuer.

Ich habe noch immer den Brief in der Hand, den ich vor der peinlichen Szene von Ninas Schreibtisch genommen habe. Er ist verschlossen, aber ich glaube zu wissen, was drinsteht. Ich könnte ihn öffnen, aber das geht nicht. Ich habe noch nie in der Korrespondenz anderer herumgeschnüffelt, meine Töchter und meinen Mann eingeschlossen, und ich habe nicht die Absicht jetzt damit anzufangen und das Vertrauen eines Menschen zu missbrauchen, der mich mag. Dazu kommt, dass sie heute schon genug Enttäuschungen erlebt hat. Andererseits interessiert es mich brennend, ob meine Vermutung stimmt, meine Ängste und quälenden Zweifel berechtigt sind. Dieser Brief macht mir Angst, aber gleichzeitig weiß ich, dass sein Inhalt auch eine große Erleichterung sein könnte.

Ich stehe auf und gehe zu dem Regal ganz hinten in der Ecke, wo fast nie ein Kunde hinkommt. Ich weiß, dass dort irgendwo dieses Buch stehen muss.

»›Sein oder Nichtsein‹ ist auch hier die Frage«, seufze ich und blättere in Hamlet. Lassen sich nicht alle Entscheidungen im Leben auf diese elementare Frage zurückführen?

Als ich den Schlüssel im Schloss knirschen höre, weiß ich, dass die Zeit abgelaufen ist. Ich kann mein Dilemma nicht lösen. So schnell ich kann, gehe ich zum Schreibtisch und stecke den Brief wieder unter den aufgetürmten Berg von Papieren. Nina wird eine Weile brauchen, bis sie ihn findet, und das lässt mir ausreichend Zeit zum Überlegen.

Als Nina und Asia auf mich zukommen, lächeln beide. Aber Nina lächelt nur äußerlich, sie wird zusammenklappen, wenn ihre Nichte gegangen ist, das weiß ich genau.

Während die beiden Eis essen und sich Geschichten erzählen, taucht Emma auf.

»Zum Glück, du bist da!«, sagt sie in einem Ton, der nichts Gutes verheißt.

»Ciao. Was ist denn los?«, fragt Nina in banger Vorahnung.

Emma starrt sie an, dann schüttelt sie den Kopf.

»Es ist eine Katastrophe, du bist eine Katastrophe, meine Liebe ...«

Ninas Augen füllen sich mit Tränen, ihre Selbstbeherrschung ist jetzt endgültig dahin.

»Ich ... du ... du weißt Bescheid?«, stammelt sie.

Emma schaut sie verdutzt an.

»Was redest du da? Ich spreche von deinen Haaren. Du musst unbedingt etwas tun«, sie holt ihre Tasche und winkt Asia zu. »Mach den Laden zu. Wir gehen zum Friseur. Das ist ein Notfall.«

6

»Ich habe ›David Golder‹ von Irène Némirovsky ausgesucht. Ich kann mich noch sehr gut an diesen Roman erinnern. Sie hat auch ›Suite française‹ geschrieben, sie seziert die menschliche Seele messerscharf und punktgenau. Dieses Buch wurde sogar verfilmt, aber ich habe den Film nicht gesehen. Leider endete das Leben der Autorin sehr tragisch. Sie war Jüdin, wurde nach Auschwitz deportiert und kehrte nie wieder. ›Suite française‹ wurde postum veröffentlicht, wussten Sie das? Fünfzig Jahre nach ihrem Tod fand die Tochter das Manuskript zwischen den Tagebüchern und Briefen ihrer Mutter. Aber warum erzähle ich Ihnen eigentlich das alles? Ach ja!«

Die Journalistin versucht, sich Notizen zu machen, während Nina auf ihrem Weg durch die

Buchhandlung Geschichten erzählt, Romanstellen zitiert und Kommentare dazu abgibt. Ein literarisches Feuerwerk ohne Punkt und Komma. Manchmal scheint sie kaum Luft zu holen.

Als sie heute den Rollladen des Buchladens hochzog, hatte sie völlig verquollene Augen. Wieder mal hat sie kaum geschlafen, sich den Kopf über all die falschen Männer zerbrochen, mit denen sie ihre Zeit verschwendet hat. Aber nachdem sie die Journalistin und den Fotografen begrüßt hat, die einige Minuten nach ihr gekommen waren, scheint sie sich gefangen zu haben, von ihrem Schmerz ist nichts mehr zu spüren.

Emma war auf die Idee gekommen, nachdem wir uns von dem seltsamen Paar erholt hatten, das seinen Sohn bei uns geparkt hatte. Um die Geschäfte wieder zum Laufen zu bringen, brauche es innovative Ideen und Medienpräsenz, meinte sie.

Ihr kam die bekannte Journalistin in den Sinn, bei deren Hochzeit sie vor ein paar Monaten die Tische mit Blumen dekoriert und den Hochzeitsstrauß geliefert hatte. Sie waren sich auf Anhieb sympathisch gewesen, auch ihre Ansichten über Ästhetik, Farben und Formen lagen nahe beieinander. Während der Vorbereitungen hatten sie immer wieder auch über Bücher gesprochen.

Emma hatte zu unserer Verblüffung spontan ihr Handy gezückt und die Journalistin angerufen. »Glaub mir, deine Idee ist brillant, Nina. Das wird die Zeitungen interessieren.«

»Alles begann mit der Lesung, von der ich schon erzählt habe«, fährt Nina fort, »als dieser Mann auf mich zukam und fragte, ob er ein Buch kaufen und es mir dalassen könnte. ›Schenken Sie es einfach einem anderen Kunden‹, hatte er hinzugefügt, nachdem er bezahlt hatte. Sie können sich meine Verblüffung bestimmt vorstellen. Ich habe ja schon viel erlebt: Kunden, die der Meinung sind, ich solle meine Bücher generell verschenken, oder Selbstverleger, die mich anflehen, ihre literarischen Ergüsse auszustellen. Aber so etwas? Das ist schon etwas Besonderes.« Sie lächelt der Journalistin zu und schüttelt bei der Erinnerung den Kopf. »Und er wollte wirklich, dass ich das Buch verschenke, an irgendjemanden, der es lesen und vielleicht genauso lieben würde wie er selbst. Eine spontane Geste, einfach wunderbar …«

Spontan und unerwartet. Das stimmt tatsächlich, ich war Zeuge.

Die Geschichte ist einige Monate her, wenn ich mich nicht irre. Damals spürte ich mein Alter deutlich, meine Beine waren geschwollen, die Füße schmerzten. Mein einziger Trost waren die Lesungen in der Buchhandlung, wo ich mein Elend vergessen konnte. Ich saß auf einem bequemen Stuhl, meinen Sessel hatte ich dem Autor abgetreten, und beobachtete das Publikum. Dieses Mal waren viele Gäste gekommen, die Atmosphäre war gelöst und heiter, man begrüßte sich, schüttelte Hände, blätterte durch Bücher, ließ sich mit dem Autor fotografieren. Der Mann, der Nina auf die Idee gebracht hatte, war erst kurz vor Beginn der Lesung gekommen, allein, und hatte sich in eine Ecke gesetzt, ohne mit jemandem ein Wort zu wechseln.

Am Ende der Lesung war er zwischen den Regalen hin und her gegangen, vielleicht auf der Suche nach etwas Bestimmtem oder vielleicht auch nur angetrieben von der Idee aller Bibliophilen, dass nicht sie das Buch finden, sondern das Buch sie.

»David Golder‹ hat mir etwas Wertvolles gegeben. Und ich bin mir ziemlich sicher, dass es dem nächsten Leser auch so gehen wird«, hatte er beim Bezahlen mit ernster Miene gesagt. Sein strenges Auftreten stand im krassen Gegensatz zu seiner Großzügigkeit und der Poesie seiner Geste.

»Ich weiß nicht, was ich sagen soll. So etwas ist mir noch nie passiert.« Ninas Wangen waren gerötet, und ihre Augen glänzten. Sie war gerührt. Kein

Wunder! Ein Kunde, der ein Buch nicht für seine eigenen Bedürfnisse kauft, sondern für jemanden, den er nicht einmal kennt, ist für eine Buchhändlerin der Beweis, dass es den Weihnachtsmann wirklich gibt. »Darf ich Sie um einen Gefallen bitten?«, hatte sie gefragt.

»Ich dachte, ein Buch für einen Wildfremden zu kaufen, sei schon großzügig genug«, antwortete er gereizt. Liebenswürdigkeit gehörte wohl nicht zu seinen Stärken.

»Aber ja doch. Ich dachte nur … es wäre schön, wenn Sie dem Glücklichen eine Widmung in das Buch schreiben würden. Auch anonym, wenn Sie wollen. Eine Art Liebeserklärung an das Buch, ein Vermächtnis, ein Hinweis darauf, welche Gefühle Sie damit verbinden.«

Ich habe in meinem langen Leben schon viele Bücher verschenkt.

Manche an die richtigen Leute, manche an die falschen, solche, die es nicht wert waren.

Oft waren es Botschaften, die ich mit Worten nicht ausdrücken konnte, oder Gesten, wo Worte nicht ausreichend waren. Andere Male einfach nur Geschichten, die mir gutgetan hatten oder die mich beim Lesen in ferne Welten entführt hatten. Erlebnisse, die ich mit anderen teilen wollte.

Ein Buch an einen Menschen zu verschenken, der es genauso schätzt wie du, der sich darin verlieren kann, der beim Lesen leidet, lacht, weint und sich in den Text verliebt, genau wie du, ist eine wunderbare Erfahrung. Eine tiefe Seelenverwandtschaft.

Doch wenn man diesen Schatz jemandem anvertraut, der ihn nicht zu schätzen weiß, der das Buch nichtssagend und langweilig findet und sein Geheimnis nicht erfasst, dann ist das eine große Enttäuschung. Auch die beste Freundschaft kann gefährlich wackeln, wenn man feststellen muss, dass »Das Haus an der Moschee« nicht geschätzt oder »Anna Karenina« nach nur zehn Seiten beiseitegelegt wurde.

Ein Geschenk eines unbekannten Lesers an einen unbekannten Leser. Ich schenke dir »David Golder«, weil es eine Geschichte ist, die mich nicht mehr losgelassen hat. Ich wünschte, dass der Hunger nach Geld durch den Hunger nach Literatur, nach zu Papier gebrachten Geschichten ersetzt wird. Utopisch? Vielleicht. Ich hoffe jedenfalls, dass es dir gefällt. Viel Spaß beim Lesen.

»Ich habe die ganze Widmung in dieses Heft abgeschrieben, sehen Sie? Am nächsten Tag habe ich das Buch dem ersten Kunden des Tages geschenkt, er hat sich sehr darüber gefreut und seinerseits ein Buch für einen Unbekannten ausgesucht.«

»So wie beim neapolitanischen Brauch des ›Caffè sospeso‹? Nur eben mit Büchern?«, fragt die Journalistin, die jetzt Feuer und Flamme ist.

Emma hatte recht. Das ist eine gute Story.

»Ja und nein. Ich habe es nicht bewusst gesteuert, es ist einfach passiert. Der Mann bei der Lesung war die Initialzündung, dann ging alles von selbst«, antwortet Nina lächelnd. Sie erzählt diese Geschichte gerne. »Sehen Sie, die Buchhandlung ist nicht groß, aber sie ist mein Reich. Hier habe ich meinen Traum verwirklicht. Für mich ist sie viel mehr als nur vier lila gestrichene Wände, Regale und Bücher. Der Laden ist ein Ort voller Träume, Hoffnungen, Enttäuschungen, Freud und Leid, voller Gefühle, die sich in den Büchern verbergen, aber auch in den Köpfen derer, die sie gelesen haben oder noch lesen werden. Alles um mich herum ist lebendig, hier spielen sich lauter unsichtbare Geschichten ab. Ich bin nur eine Art Botschafterin, die das zu Papier Gebrachte an die Herzen vermittelt, die bereit sind, die Signale aufzunehmen.«

Alle im Raum starren Nina bewundernd an. Die Journalistin, der Fotograf, Emma, die allgegenwärtige Ilaria, eine Frau, die ein bestelltes Buch abholen will, sowie zwei junge Mädchen, die nach einer neuen Vampirsaga suchen. Und ich.

Ich hätte nicht gedacht, dass sie so gut sprechen kann. Und dabei war sie gestern noch so aufgeregt, dass sie überlegt hatte, das Interview abzublasen.

Sie erinnert mich sehr an mich selbst in jungen Jahren. Und sie hat viel von meiner Tochter Angela. Voller Gegensätze, stark und zerbrechlich zugleich. Himmelhoch jauchzend und zu Tode betrübt. Zu streng mit sich und zu nachsichtig mit den anderen.

Angela war die jüngste meiner drei Töchter, sie kam einige Jahre nach den Zwillingen zur Welt. Das Nesthäkchen. Die beiden Älteren waren immer eifersüchtig und empfanden sie als Eindringling. Angela war kein Wunschkind, eigentlich ein Rechenfehler, wenn man ein geliebtes Wesen überhaupt so bezeichnen kann. Domenico und ich hatten sie nicht geplant, aber als sie da war, waren wir über alle Maßen glücklich. Vielleicht war das zu viel Liebe für sie, und das Leben hat uns dafür bestraft. Dabei haben wir alles aus freien Stücken und ohne irgendeinen Hintergedanken getan.

Angela ist mit siebenundzwanzig an einer unheilbaren Krankheit gestorben. Sie ist gestorben, wie sie gelebt hat, mit einem Lächeln auf den Lippen und den Augen voller Hoffnung.

Sie lag schon fieberglühend in ihrem Krankenhausbett, als sie mir die Briefe übergab, die sie geschrieben hatte. Das Sprechen fiel ihr schon seit längerer Zeit schwer, deshalb schrieb sie mir. Um mich zu trösten. In einfachen, klaren Worten erzählte sie von den Freuden, den Missverständnissen, den Reisen ans Meer zu den Großeltern, den schlaflosen Nächten, dem ständigen Streit mit ihren Schwestern, den Enttäuschungen bei der Arbeit und von ihren Schmerzen. Sie erzählte alles, was ihr wichtig gewesen war.

»Es kommt, wie es kommen soll, Mama«, hatte sie geschrieben. Während ich die Briefe las, ohnmächtig und verzweifelt, hielt sie meine Hand. Sie hatte den Mut, der mir fehlte.

Erst in diesen letzten Tagen habe ich die wahre Bedeutung ihres spirituellen Testaments verstanden. Alles, was geschieht, hat seinen Sinn, den man nur verstehen kann, wenn man nicht mehr nach Schuldigen und nach Fluchtwegen sucht, sondern sich den Herausforderungen des Lebens stellt.

»Anfangs waren die Widmungen anonym«, fährt Nina fort, »dann begann ich, Ausnahmen zu machen.«

Sie zwinkert Ilaria zu, die von allen Anwesenden die aufgeregteste ist. Ihr Flirt, der mit einem verschenkten Buch begonnen hat, läuft schon eine ganze Weile, und sie glaubt immer mehr, dass der mysteriöse Paolo der Mann ihres Lebens ist. Der nächste Schritt wird sein, sich persönlich bei der Buchhändlerin zu treffen, die hier den Amor gespielt hat. Das ist doch viel besser als all diese Onlinedating-Portale, die so viele junge Leute heute nutzen.

Ich schenke dir eine Geschichte, die mich bei meinem Sardinienurlaub begleitet hat. Eine rätselhafte Frau, die letzte Accabadora, ein besonderes »Handwerk«. Ich bin sicher, der Roman wird dir auch gefallen. Wer auch immer du bist, ich wünsche dir viel Vergnügen beim Lesen. Lucia

Ich habe »Verhängnis« von Josephine Hart ausgewählt, denn hier geht es um Intrigen und Leidenschaft, die dich von der ersten bis zur letzten Seite fesseln werden.

Das ist nicht nur ein Buch für Charlie-Parker-Liebhaber! Wenn du »Der Verfolger« gelesen hast, wirst du mit Sicherheit mehr über diesen Ausnahmemusiker wissen wollen. Carlo

»Das Geisterhaus« *hat mich so berührt, dass ich meine Tochter nach der Hauptfigur benannt habe. Bücher können dein Leben verändern. Eleonora*

»Warum Menschen aus Liebe töten«. Damit ist doch alles gesagt, oder?

Die Journalistin und der Fotograf sind wieder weg.
»Du warst einfach großartig!«, umarmt Emma ihre Freundin stürmisch.
»Meinst du wirklich? Ich war so aufgeregt«, wehrt Nina ab, deren Wangen noch immer gerötet sind.

Nachdem sie die ganze Geschichte angehört hatte, wollte die Journalistin noch ein paar Fotos machen lassen. »Wie wäre es im Sessel?«, hatte sie vorgeschlagen. Aber Nina schüttelte den Kopf: »Das ist Adeles Sessel.« Dieses Zeichen ihrer Wertschätzung hat mich berührt. Und glücklich gemacht.

Obwohl sie nach dem Geständnis ihres untreuen Exverlobten bestimmt immer noch unter Schock steht, scheint sie heute guter Laune zu sein. Das hat Filippo schon richtig gesehen: Nina liebt ihre Buchhandlung mehr als alles andere.

Der Artikel könnte eine gute Werbung für die Buchhandlung sein und zumindest ihre finanzielle

Situation verbessern; an ihrem gebrochenen Herzen würde er allerdings nicht viel ändern können.

Ich kann mir gar nicht vorstellen, wie weh es tut, betrogen zu werden. Dabei geht es mir weniger um den sexuellen Aspekt der Liebe, sondern um Respekt und Vertrauen. Wie kann man noch jemanden wertschätzen, dem man seine tiefsten Gefühle anvertraut und der einen dann so hinterhältig betrügt?

Ich danke dem Schicksal, dass es mir einen Mann geschenkt hat, der bei allen menschlichen Schwächen zumindest treu war. Oder, falls er es doch nicht war, dass ich es nie erfahren habe. Ich muss zugeben, dass mir in dieser Hinsicht Ahnungslosigkeit lieber ist als Gewissheit.

Emma schlägt vor, zur Feier des Tages noch ein Glas Wein trinken zu gehen. Nina schließt den Laden, und wir gehen in die Bar gegenüber, um auf den Erfolg anzustoßen.

Ehrlich gesagt komme ich mir in Begleitung der beiden jungen Frauen etwas komisch vor. Bei meinem letzten Barbesuch hat man noch mit Lire bezahlt. Aber die Blumenhändlerin hat alle eingeladen, und da ich sowieso allein wäre, schließe ich mich einfach an.

Die Bar war früher eine Polizeidienststelle. Das

Publikum ist bunt gemischt: Studenten, Liebespärchen, junge Mütter mit Kindern, Mittfünfziger, die sich hier pudelwohl zu fühlen scheinen, und eine mürrische Alte, die sich etwas verloren vorkommt. Ich.

Wir setzen uns an einen Holztisch, die Mädels holen sich gleich ein paar Häppchen am Büfett, während ich es mir in einer Ecke gemütlich mache. Ich kann abends nicht mehr viel essen, und Alkohol vertrage ich auch nicht mehr.

Nach einer Weile hat sich eine lustige Runde gebildet, Nina und Emma haben Freunde und Stammkunden getroffen, sie trinken, lachen und amüsieren sich prächtig.

Gitarrenklänge ertönen. Heute Abend ist Livemusik, die Bar füllt sich rasch.

Porta Romana bella Porta Romana
È già passato un anno da quella sera ...

Eine schöne jungenhafte Stimme durchdringt das Stimmengewirr, die Gäste horchen auf.

... un bacio dato in fretta sotto un portone
Porta Romana bella Porta Romana

Es wird mitgesungen und geklatscht, als wäre der längst vergessene Giorgio Gaber auch heute noch ein angesagter Superstar.

Ich habe dieses Lied seit Jahren nicht mehr gehört. Domenico spielte es immer, er saß gern mit seiner Gitarre auf der Fensterbank, eine Zigarette im Mundwinkel.

Ich suche nach dem Gesicht des Musikers, was nicht leicht ist, weil mittlerweile so viele Menschen vor mir sitzen, doch schließlich erspähe ich es: Es gehört dem schüchternen jungen Mann, der an dem Abend in der Buchhandlung war, als Nina so aufgebracht und traurig war.

Ich beobachte ihn beim Spielen, seine Augen sind geschlossen, auf seinen Lippen liegt ein versonnenes Lächeln, und ich fühle mich in die Vergangenheit zurückversetzt. Ein Gefühl der Wehmut breitet sich in mir aus. Nina macht einen glücklichen Eindruck, sie hört versonnen zu und wiegt den Kopf zur Musik. Vielleicht hat sie den jungen Mann gar nicht wiedererkannt, dessen Musik sie jetzt so intensiv genießt. Er allerdings lässt sie nicht aus den Augen, wie mir scheint.

Ich beobachte ihn weiter, er wird von ein paar Fans umringt, die ihn wohl schon länger kennen. An irgendjemanden erinnert mich der junge Mann, das ging mir schon damals so, als er in den Laden geplatzt ist und ich so unfreundlich zu ihm war, weil er unser Zwiegespräch unterbrochen hat. Aber sosehr ich mich auch anstrenge, ich kann sein Gesicht nicht zuordnen. Mein Gehirn funktioniert einfach nicht mehr so gut wie früher!

Vielleicht ist es aber auch die Musik, die mich ihm näherbringt, diese elementare Kraft, die uns in ferne und schönere Welten entführt, genau wie ein guter Roman.

Er spielt weiter, und ich tauche immer tiefer in meine Fantasie ein, stelle mir Geschichten mit unglaublichen Wendungen und unerwartetem Ausgang vor. In mir keimt der gefährliche Wunsch, noch einmal etwas zu wagen, bevor ich endgültig von der Bühne abtrete.

Am nächsten Morgen scheint ein frischer Wind durch die Buchhandlung zu wehen, die Atmosphäre ist entspannt und heiter, wahrscheinlich auch dank der Gesänge der vergangenen Nacht.

Nina lächelt freundlich und offen wie früher, auch wenn ein Rest von Traurigkeit in ihren Augen liegt. In einer kurzen Pause fängt sie sogar an, das Chaos auf dem Schreibtisch aufzuräumen, der aussieht wie ein Schrank im Fundbüro.

Sie schiebt ein paar Rechnungen und Werbebroschüren beiseite und stößt dann auf ein in lila Geschenkpapier eingewickeltes Päckchen.

Sie dreht und wendet es zwischen den Händen, um sich zu erinnern, wie es auf diesen Tisch geraten sein mochte, es gibt keine Karte, keinen Absender.

Neugierig packt sie den Inhalt aus. Es ist ein Buch, nicht neu, aber gut erhalten. Ein Buch, das seit Jahrzehnten in keinem Katalog mehr auftaucht, von dem sie wahrscheinlich schon gehört, aber nie gedacht hatte, es jemals lesen zu können.

»Dino Buzzati ›La durata enorme dell'incertezza‹«, fast ehrfürchtig liest sie den Titel des Buches, das unter Buchhändlern schon fast als Legende gilt.

Sie schnuppert an den vergilbten Seiten, atmet ihren Duft ein, dann schlägt sie die erste Seite auf und liest die Widmung.

Liebe Nina, dieses Buch ist für dich, damit deine schönen Augen die Welt mit neuer Leidenschaft betrachten können.

7

Mit zwanzig kam unserer Generation das Leben wie ein Geschenk vor. Der Krieg war seit einem Jahrzehnt vorbei, das Land begann sich zu erholen, die Trümmer und die Schuldgefühle waren weggeräumt und durch den Geist der Erneuerung, der Hoffnung und der Zuversicht ersetzt worden.

Es waren die Jahre des Wachstums, des Wirtschaftswunders, der Fortschritt war greifbar. Die Frauen konnten arbeiten gehen, es gab einen Fernseher in der Bar, und in den Wohnungen hielten die Kühlschränke Einzug.

Genau wie Domenico und ich waren Millionen junger Leute im Aufbruch. Manche wagten sich bis nach Argentinien, Uruguay oder Brasilien. Andere zog es in die Kälte, nach Deutschland und in die Schweiz. Wieder andere, wie wir beide, gingen in den Norden, in das andere Italien. Wir mussten zwar nicht den Ozean überqueren, aber uns begleiteten doch die Tränen der Familie und Freunde aus dem Dorf, das wir zurückließen.

Bereits vor und während des Krieges hatte es Millionen von Emigranten gegeben, jetzt folgten weitere Millionen, die fern der Heimat nach Wohlstand suchten.

Damals gab es kaum einen Ort auf der Welt, an dem man keinen Italiener antraf, der mit dunklen, mit Brillantine gesträhnten Haaren versuchte, sich ein neues Leben aufzubauen.

Unsere ersten Jahre in Mailand waren geprägt vom Pioniergeist, wir waren fest entschlossen, die Patina des Provinzialismus loszuwerden, der uns aufgrund unseres Dialekts, unserer Essgewohnheiten und der süditalienischen Überschwänglichkeit anhaftete.

Damals war Porta Romana ein Arbeiterviertel am Stadtrand, was vor allem an den Fabriken rings um den Güterbahnhof lag.

Neue Mietskasernen schossen wie Pilze aus dem Boden und veränderten das Viertel, das vorher von kleinen Jugendstilvillen geprägt war.

Die Bewohner kamen aus allen Regionen Süditaliens, aus Kalabrien, Apulien, Sizilien. Auch Neapolitaner waren dabei, die, wie Eduardo De Filippo es in einem wunderbaren Film zeigt, ein soziales Netzwerk gebildet hatten, eine Art Gewerkschaft. Sie sangen und musizierten in den Trattorien der Arbeiter, in schäbigen Bars und immer vollen, verrauchten Kneipen, nur einen Katzensprung entfernt von den eleganten Salons des Zentrums und doch in einer anderen Welt.

Nach seiner Schicht schnappte sich Domenico die Gitarre und gesellte sich zu den Musikern aus Castellammare di Stabia, die für einen Teller Spaghetti und eine Karaffe Wein aufspielten; ihr Repertoire reichte von »O sole mio« bis Fred Buscaglione. Wann immer es ging, war ich dabei, die Zwillinge in handgestrickte Wolldecken gewickelt, das einzige Geschenk, das meine Mutter ihren Mailänder Enkelinnen gemacht hatte. Zusammen mit Kolleginnen aus der Fabrik setzte ich mich in eine Ecke der Osteria und bekam als Musikerfrau eine warme Gemüsesuppe mit Parmesan und zwei dicke Scheiben Brot umsonst.

Wir waren niemals auch nur ansatzweise auf die Idee gekommen, aus unserer Leidenschaft einen Beruf zu machen, weder mein Mann mit seiner Musik noch ich mit meiner Liebe zur Literatur. Allein die Möglichkeit, unsere knapp bemessene Freizeit unseren Neigungen widmen zu können, gab uns das Gefühl, uns glücklich schätzen zu dürfen.

Nur wenige Jahrzehnte später versank Mailand dann in einem Sumpf. Schmiergeldskandale, Finanzkrise, Korruption, wirtschaftliche Stagnation, das alles vermittelte der jüngeren Generation ein düsteres, perspektivloses Bild von einer Stadt ohne Vitalität, ohne Kreativität. Grau. Dieses Vorurteil galt mindestens zwei Jahrzehnte lang für Mailand, eine Stadt, in der zu leben ein Schicksal war, dem man sich resigniert fügte.

In unserer Jugend war das ganz anders.

Natürlich hatten auch wir es schwer. Überall war Rauch, Staub und Ruß aus Fabrikschloten, Hochöfen und Kaminen. Aber für uns war die Luft, die uns in die Nase stieg, voller Energie und Erwartungen. Und voller Musik.

»Einen Moment, ich stelle etwas leiser.« Nina schreit in den Hörer, während sie mit der anderen Hand am Lautstärkeregler hinter sich dreht. Mir gefällt die Musik aus dem alten Radio besser als die Musik aus dem PC. Wahrscheinlich ist das wieder nur die fixe Idee einer alten Frau, aber mir kommt der Klang einfach ... authentischer vor.

»Jetzt verstehe ich Sie besser«, sagt sie, während De Gregoris Stimme nur noch leise im Hintergrund zu hören ist. »Können Sie den Titel bitte noch einmal wiederholen?«

Wir beide sind heute Morgen allein. Niemand scheint Interesse an einem Buch zu haben. Der eine oder andere Passant wirft einen flüchtigen Blick ins Schaufenster, geht dann aber weiter.

Wenn nichts los ist, setzt sich Nina hin und liest. Nicht der schlechteste Zeitvertreib. Das Buch, das ihr jemand geschickt hat, liegt gut sichtbar auf dem Schreibtisch neben dem Computer. Sie hat es schon mindestens ein halbes Dutzend Mal aufgeschlagen, die Widmung und die ersten Sätze gelesen und es dann wieder zugeklappt.

»Ich muss den richtigen Moment erwischen. Ich brauche die richtige Umgebung, das richtige Licht, die passende Hintergrundmusik. Und ich darf mich nicht von negativen Gedanken ablenken lassen, verstehst du?«, hatte sie gestern zu Emma gesagt, die sie fragend gemustert hatte. Ihre Freundin hätte sich sofort auf das rätselhafte Geschenk gestürzt, während Nina erst einen angemessenen Rahmen braucht, das Ritual einer echten Leseratte.

»Wenn du am Anfang nicht in der richtigen Stimmung bist, wird es schwer, den Rest des Buches zu verstehen«, hatte sie erklärt. Ich hatte aus meiner Ecke zustimmend genickt.

Lesen ist eine ernsthafte Beschäftigung, die eine gewisse Sorgfalt erfordert. Es gibt Bücher, die man im Zug lesen sollte, andere legt man auf den Nachttisch und schmökert vor dem Schlafengehen ein bisschen darin. Manche machen bei Sonnenschein am Strand Spaß, und wieder andere entfalten ihren Reiz erst bei absoluter Stille. Jeder Leser weiß es: Das Buch lässt dich wissen, wann es aufgeschlagen werden möchte. Aber es flüstert deinen Namen nur dann, wenn es bereit ist, und es ist ein Fehler, zu ungeduldig oder zu langsam zu sein. Ich habe oft genug selbst erlebt, was passiert, wenn man den richtigen Zeitpunkt verpasst. Bei Pavese war ich zu früh, ihn habe ich nicht verstanden, und für Stendhal war ich zu spät dran und hasste ihn schließlich. Nina kann sich das mit diesem Geschenk nicht erlauben.

An einem lauen Frühlingstag wie heute würde man sich am liebsten zusammenrollen wie eine Katze und den ganzen Tag dösen.

Ich habe schon eine ganze Weile nicht mehr an Foscolo gedacht, unseren frechen Kater. Er hat bis zum Tod meines Mannes bei uns gelebt, ein kleines Kerlchen mit rotem Fell und lustigem Gesicht. Im Morgengrauen eines regnerischen Tages stand er plötzlich auf dem Balkon unserer Wohnung im zweiten Stock, klapperdürr und zerrauft. Er musste in jugendlichem Übermut mit anderen Straßenkatern gekämpft und sich dann am Regenrohr in Sicherheit gebracht haben. Er miaute jämmerlich, ein hungriges Häufchen Elend. Auch wenn Domenico eigentlich keine Tiere in der Wohnung wollte, dieser rosafarbenen Stupsnase und den blitzenden Augen konnte auch er nicht widerstehen. Er ließ das Katerchen hinein und fütterte es. Von da an war Foscolo viele Jahre lang ein Teil der Familie. Seit unsere Kinder aus dem Haus waren, war es ruhig um uns geworden. Seine Samtpfoten, sein buschiger Schwanz und sein zufriedenes Schnurren vom Fußende des Bettes machten uns das leere Nest wieder ein wenig gemütlicher.

Am Tag der Totenwache, als bekannte und weniger bekannte Gesichter am offenen Sarg meines Mannes vorbeizogen und die ganze Wohnung nach Blumen und Vergänglichkeit roch, war der Kater plötzlich verschwunden. Als ich vom Friedhof zurückkam und mich nur noch als Hälfte eines ehemals Ganzen wahrnahm, fiel mir die gespenstische Ruhe auf.

Vielleicht hatte einer der Trauergäste die Tür offen stehen lassen, vielleicht war er vom Balkon heruntergeklettert, trotz des Bäuchleins, das er sich bei uns angefuttert hatte.

An einem einzigen Tag verlor ich zwei Männer, die wichtigsten in meinem Leben.

Ich beweinte sie beide, ließ nachts das Fenster offen stehen, in der Hoffnung, dass wenigstens einer von ihnen wiederkommen würde. Aber vergebens, keiner tauchte wieder auf, höchstens in meinen Träumen.

»Entschuldigung, aber ich kann Ihre Bestellung wirklich nicht finden. Wie war noch mal der Name?« Nina tippt auf der Tastatur herum, den Hörer zwischen Schulter und Ohr geklemmt, und starrt auf den Bildschirm. Sie zieht die Nase kraus, dann sagt sie: »Nichts, absolut nichts. Das ist wirklich merkwürdig, nach so langer Zeit. Normalerweise schicke ich den Kunden eine Nachricht.« Sie schließt die Augen, um sich zu konzentrieren.

»Nein, warten Sie bitte. Vielleicht habe ich etwas missverstanden.«

Sie setzt die Brille ab und massiert sich den Nasenhöcker, eine Geste, die nichts Gutes verheißt. Unvermittelt öffnet sie die Augen wieder, und ihr Blick würde selbst Medusa zu Stein erstarren lassen.

»Entschuldigung, aber ich kann doch von meiner Buchhandlung aus nicht nachforschen, warum Ihnen Amazon dieses verfluchte Buch nicht geschickt hat!«, platzt es aus ihr heraus. Zum Glück ist die Anruferin nicht persönlich vorbeigekommen.

»Ach, ich soll auch noch freundlicher sein!«, schimpft sie weiter. »Sie kaufen Ihre Bücher bei der Konkurrenz, online, und jetzt soll ich Ihnen helfen?«

Zum Glück sind gerade keine Kunden da. Wer die stets freundliche und zugewandte Buchhändlerin nicht näher kennt, wäre jetzt entsetzt.

»Ach ja? Wissen Sie, was Sie mich mit meiner Freundlichkeit können?« Sie knallt den Hörer auf, bevor die Anruferin die Frage beantworten kann.

»Grrrr!«, schreit sie, um die angestaute Wut abzulassen. »Heute bin ich wirklich nicht in der Stimmung für solche Idioten!«

»Soll ich vielleicht später wiederkommen?«

Eine nicht mehr ganz taufrische Frau, die aber früher einmal äußerst attraktiv gewesen sein muss, betritt den Laden und geht lächelnd auf den Schreibtisch zu. Nina umarmt sie lächelnd.

»Ciao, Micky, wie schön dich zu sehen! Du bist hier immer willkommen!«

»Ist es gerade ungünstig?«

»Nein, nein, wenn du in einem Irrenhaus arbeitest, ist es nie ungünstig.« Nina schüttelt den Kopf, ihr Zorn ist schon verflogen. Ich beneide sie darum, dass sie wie auf Knopfdruck alle negativen Gefühle hinter sich lassen kann. »Wie geht's? Was hat dich denn hierherverschlagen?«

»Gute Frage, nächste Frage!«

»Lass mich raten ... immer noch der Job?«

Nina legt ihr die Hand um die Schulter und schiebt sie sanft zur Kaffeemaschine neben meinem Sessel.

Michela schaut mich traurig an und verzieht kaum merklich den Mund. Ich bin inzwischen daran gewöhnt, unsichtbar zu sein. Ich nehme ihr das nicht übel. Das Leben ist so kompliziert geworden, dass die meisten Menschen keine Zeit für eine alte Frau zwischen Bücherregalen haben. Ich habe das Gefühl, allmählich ganz zu verschwinden, das Einzige, was mich noch hier hält, ist die Hoffnung, meine Buchhändlerin endlich wieder glücklich zu sehen.

Die beiden nehmen ihre Tassen und unterhalten sich im Stehen.

»Heute hatte ich mein zweites Gespräch in der Agentur. Sie waren immerhin so nett, mir nicht direkt zu sagen, dass ich zu alt bin. Sie nannten es ›nicht zeitgemäß‹. ›Ihre Kompetenz ist leider nicht mehr zeitgemäß‹, war der genaue Wortlaut.« Michela seufzt und starrt auf ihre Schuhe. »Wenn du mit fünfundvierzig arbeitslos wirst, findest du nicht so leicht etwas Neues. Vor allem, wenn du einen

Universitätsabschluss oder Berufserfahrung hast, das ist das Letzte für diese Leute.«

»Bloß nicht aufgeben, irgendetwas wird sich bestimmt finden«, tröstet Nina. Wie gesagt, sie ist eine unheilbare Optimistin. Eine der letzten auf diesem Planeten.

»Ich habe ihnen gesagt, dass ich zu allem bereit bin, selbst als Serviererin oder im Telefondienst, aber sie meinten: ›Aber nein, dafür sind Sie überqualifiziert, da wären Sie verschwendet.‹ Aber ist es nicht eine viel größere Verschwendung, mich zu Hause rumsitzen zu lassen? Auf meine supergünstige Kompetenz zu verzichten? Einen Menschen, der arbeitswillig und fähig ist, ohne Aufgaben zu lassen?«

Nina beißt sich auf die Lippen, was soll sie darauf antworten? Auch ich schweige besser, eine Patentlösung habe ich nämlich auch nicht.

Wie lange soll denn diese »Krise« noch dauern? Ich habe viele düstere Zeiten in meinem Leben mitgemacht, aber keine, die so hoffnungslos war wie die aktuelle.

»Um meine Bewerbung attraktiver zu machen«, fährt Michela mit gesenktem Kopf fort, als ob Arbeitslosigkeit eine Schande wäre, »habe ich mich sogar zu der Bemerkung hinreißen lassen, dass bei mir das Risiko der Schwangerschaft nicht mehr besteht. Schrecklich so was zu sagen! Als ob eine Schwangerschaft ein Makel wäre!«

Sie hat ihren Kaffee ausgetrunken und starrt in die leere Tasse, ohne noch etwas hinzuzufügen. Nina nimmt sie in den Arm. Was sollte sie auch sonst tun?

Dann löst sie sich von ihr und tippt sich an die Stirn.

»Apropos, du bist meine erste Kundin heute ...«, sagt Nina, geht zu ihrem Schreibtisch und wühlt sich durch den Papierberg. »Mundpropaganda ist die beste Werbung, bei mir hat das funktioniert.« Sie greift nach einem Taschenbuch und reicht es ihrer Freundin.

»›Acht Berge‹, interessanter Titel.« Michela hält es eine Weile in der Hand, weiß aber nicht, was sie damit anfangen soll und gibt es Nina zurück.

»Es gehört dir, es ist ein Geschenk.«

»Du verschenkst jetzt Bücher?«

»Ich habe dir doch davon erzählt, die Idee mit den Büchern, die von den Kunden verschenkt werden ...«

Michela schaut sich das Cover an und muss schließlich lächeln.

»Dann ist das also mein Geschenk. Ich bin wirklich gerührt, das ist das Beste, was mir heute passiert ist. Was sage ich, das Beste der ganzen letzten Woche. Danke.«

»Dank nicht mir«, antwortet Nina, »bedanke dich bei ...« Sie zeigt auf die Widmung.

»Monica?«

»Genau.«

»Danke, Monica«, sagt Michela, die schon wieder lächelt. Was ein überraschendes Geschenk doch ausmachen kann. »Jetzt will ich aber auch ein Buch verschenken.«

»Du musst aber nicht.«

»Ich weiß, aber das hat mir gutgetan, ich möchte auch jemand anderem etwas Gutes tun.« Sie stellt ihre Tasche ab und schaut sich um. »Um meine Stimmung noch mehr zu heben – was gibt's Neues? Klatsch und Tratsch, den ich verpasst habe? Was ist mit Filippo? Alles im grünen Bereich?«

Als Nina den Namen ihres Exverlobten hört, zuckt sie zusammen, ihr Stimmungshoch ist wie weggeblasen. Sie ist wohl immer noch nicht darüber hinweg. Eigentlich hat sie ja Schluss gemacht, aber die Tatsache, dass er fremdgegangen ist, wurmt sie noch immer.

»Wir haben uns getrennt«, antwortet sie knapp.

»O Gott, Nina, das tut mir leid. Das wusste ich

nicht.« Dieses Mal nimmt Michela ihre Freundin in den Arm. »Wie geht es dir damit?«

»Ich bin wie vor den Kopf gestoßen, enttäuscht und wütend. Ich weiß es auch nicht genau. Ich versuche offensiv damit umzugehen und stark zu sein, aber es ist nicht leicht.«

»Natürlich nicht! Und niemand erwartet von dir, dass du stark bist, meine Liebe.«

»Ich weiß, aber ich muss dagegen angehen, für Selbstmitleid bin ich nicht der Typ.«

»Kopf hoch! Es wird dir im Moment zwar nicht helfen, aber ich bin sicher, dass du dich wieder verlieben wirst, wenn du so weit bist. Die Welt ist voller attraktiver Männer.«

Ich bin sicher, dass Nina in diesem Moment nicht mal einen von ihnen treffen möchte. Sie rümpft die Nase und zuckt mit den Schultern.

»Im Moment nicht. Ich brauche Zeit.«

Ein ganz in Schwarz gekleideter Mann betritt den Laden, die Hände hinter dem Rücken verschränkt. Erst mustert er Nina und Michela, dann das Schaufenster.

»Sie haben noch auf, wie ich sehe.«

»Wir schließen nie vor halb acht.«

»Das meine ich nicht«, er schüttelt den Kopf, als wäre sie schwer von Begriff. »Ich meine, Ihr Buchladen ist immer noch nicht pleite. Ich hatte Ihnen höchstens sechs Monate gegeben. Und stattdessen vergehen die Jahre, und es gibt Sie immer noch.«

Wir sehen uns entgeistert an, während der unverschämte Fremde grinsend und grußlos wieder abzieht.

»Was sagte dein Horoskop heute Morgen?«, fragt Michela.

»Irgendwas mit ›Teufel austreiben‹. Das passt ja.«

Kaum hat sie den Satz beendet, als eine zierliche Frau mit einem riesigen Rollkoffer die Buchhandlung betritt.

»Dieses Mal habe ich endgültig genug. Dein Vater hat den Bogen überspannt.«

»Ciao, Mama«, Nina sieht sie verblüfft an, »was ist passiert?«

»Wir haben uns gestritten!«

»Das ist nichts Neues! Das macht ihr doch ständig. Ich kann mich an keinen Tag erinnern, an dem ihr nicht gestritten habt.«

»Gut, aber heute hat er es übertrieben, so leicht kommt er mir dieses Mal nicht davon. Ich habe meine Koffer gepackt, jetzt soll er mal sehen, wie er allein klarkommt.«

»Wäre es dann nicht konsequenter gewesen, ihn rauszuschmeißen?«

»Weiß Gott nicht. Dein Vater ist ohne mich zu Hause total verloren. Er weiß noch nicht mal, wo der Kaffee steht. Nach ein paar Tagen wird er mich anflehen zurückzukommen.«

»Schön und gut, nehmen wir mal an, dein heimtückischer Plan funktioniert. Wo wohnst du in der Zwischenzeit?«

»Bei dir, wo sonst? Aber du darfst ihm natürlich nichts sagen, versprochen?«

Nina beißt sich wieder auf die Lippen. Ich bin sicher, dass ich weiß, was sie denkt. Ich stehe auf und gehe zu ihr, vielleicht braucht sie meine Unterstützung.

»Fragst du bitte Filippo, ob das in Ordnung ist? Ich schlafe auf dem Sofa, ihr werdet sehen, ihr bemerkt mich gar nicht.«

»Hör zu, Mama ...«

»Ich habe ihm auch den Nudelauflauf gekocht, den er so gern isst. Der ist hier im Koffer.«

Nina schiebt sie in Richtung Sessel.

»Alles in Ordnung, Nina?«, fragt die Mutter.

»Bitte setz dich doch einen Moment, Mama ...«

Bevor sie sich setzt, dreht sich Ninas Mutter zu mir um, als wolle sie mich um Erlaubnis fragen.

»Was Filippo und mich angeht, muss ich dir etwas sagen ...«

8

»Ach du liebe Güte! Wie furchtbar, meine Kleine! Eine Katastrophe!« Ninas Mutter tigert durch den Laden, ringt die Hände, schlägt sie vors Gesicht und streckt sie dann gen Himmel.

»Jetzt beruhige dich doch!« Nina steht mit vor der Brust verschränkten Armen am Schreibtisch und versucht, die Wogen zu glätten.

Sie hat ihr alles erzählt, oder besser gesagt, eine ziemlich korrekte Version der Geschichte. Die Tatsache, dass auch sie fremdgegangen ist, hat sie allerdings unter den Tisch fallen lassen. Ihre Mutter führt sich auch so schon so auf, als sei das der Weltuntergang. Nicht einmal Nina selbst hat die Trennung von Filippo so sehr leidgetan.

»Was machen wir denn jetzt? Hast du dir das schon mal überlegt?«

»Wenn überhaupt, lautet die Frage, was *ich* jetzt mache. Immerhin war es mein Freund. Meinst du nicht, dass du ein bisschen übertreibst?«

Michela steht neben mir, wir haben uns neben die Eingangstür gestellt, um nicht den Eindruck zu machen, uns in Familienangelegenheiten einmischen zu wollen. Doch während ich mittlerweile zu einem Teil der Ladeneinrichtung geworden bin, scheint Michela nur auf eine gute Gelegenheit zu warten, sich verabschieden zu können. Sie hat sich schon ein paarmal geräuspert, aber das hat niemand registriert.

»Bist du sicher? Bist du sicher, dass er dich betrogen hat? Vielleicht wollte er dich nur provozieren, im Streit …«

»Glaubst du wirklich? Kein Mann gibt freiwillig zu, untreu gewesen zu sein. So was nehmen sie normalerweise mit ins Grab.«

»Aber an Weihnachten wart ihr doch noch so glücklich, ich habe ihm sogar eine *Parmigiana* gemacht, und er hat zweimal Nachschlag genommen!«

Damals brauchte er auch Energie. Und wir wissen wofür.

Nina schüttelt den Kopf, auf ihrem Gesicht liegt der »Es ist doch immer das Gleiche«-Ausdruck.

»Das hat mit dir doch gar nichts zu tun. Wir haben uns getrennt, es hat einfach nicht mehr funktioniert.«

»Vielleicht entschuldigt er sich bei dir und tut alles, um seinen Fehler wiedergutzumachen. Dann wirst du ihm doch verzeihen, oder?«

Ich kenne Ninas Mutter seit Jahren, auch wenn wir uns nie sehr nahegekommen sind. Ich erinnere mich an unsere erste Begegnung, wenige Wochen nachdem ich den kleinen Laden entdeckt und wegen der einladenden Atmosphäre lieb gewonnen hatte. Seitdem war die Pause bei Nina fester Bestandteil meines Morgenspaziergangs geworden.

Ich bin in meinem Leben immer viel zu Fuß unterwegs gewesen, schon als Kind in meinem Dorf, erst auf dem Weg zur Schule und später mit meinen Freundinnen. Ich bin immer zur Arbeit, zum Einkaufen, wenn ich mit den Kindern unterwegs war, zu Fuß gegangen. Das Gehen half mir, vor schwierigen Entscheidungen einen klaren Kopf zu bekommen oder um die Wut abzubauen, wenn sie sich in mir aufstaute.

Den Führerschein habe ich nie gemacht. Ein paarmal habe ich versucht, den Fiat 850 von Domenico zu fahren, aber Autos und ich passen einfach nicht zusammen. Autos sind gefährlich, unberechenbar, kompliziert und schwer zu bändigen. Zumindest für mich. Auf meine Beine kann ich mich verlassen, sie haben mich immer dorthin gebracht, wohin ich wollte, und im richtigen Moment auch wieder fort.

Auch den frühmorgendlichen Weg zum Buchladen lege ich seit nunmehr fünf Jahren zu Fuß zurück, zwischen seinen lilafarbenen Wänden fühle ich mich wohl. Dort habe ich eine meiner großen Leidenschaften wiedergefunden: das Miterleben von Abenteuern. Wie gerne hätte ich wenigstens einmal meinen Mann mitgenommen, aber es war zu spät. Er konnte nur noch ganz schlecht laufen und verließ das Haus kaum noch, und wenn, stützte er sich mit seiner knochigen und fast durchsichtigen Hand auf einen Stock.

Dass Geist und Körper älter werden, gehört zum Leben, das ist für mich schon immer selbstverständlich. Ich habe nie bewusst darauf geachtet, weder bei Domenico noch bei mir. In den vielen gemeinsamen Jahren voller Glück und Leid, Freundschaften und Feindschaften, Lärm und Stille, waren wir eins geworden, eine Symbiose zweier Organismen, bis zu dem Tag, an dem er mich für immer verlassen hat.

Als ich eines Tages frühmorgens aus dem Haus

ging, um Brot und die Zeitung zu kaufen und im Anschluss meine neue Freundin zu besuchen, lernte ich dort Lucia kennen, die ihrer Tochter beim Dekorieren des Schaufensters half.

Damals war sie eine Frau in den besten Jahren, denn als sie Nina bekam, war sie nicht einmal zwanzig. Sie dürfte heute kaum älter als meine Zwillinge sein, was vielleicht erklärt, weshalb wir uns nie wirklich nahegekommen sind. Es gibt Generationen, für die es schwierig ist, Freundschaft zu schließen, wie die von Eltern und Kindern, und andere, die ganz natürlich harmonieren, wie Großeltern und Enkel.

»Ich habe nicht vor, ihm zu verzeihen, Mama. Es ist aus.«

Lucia presst sich voller Verzweiflung eine Hand vor den Mund.

»Aber warum nur?«, flüstert sie.

»Wir lieben uns nicht mehr.«

»Jetzt schon? Ihr kennt euch doch noch gar nicht lange, wie soll die Liebe da schon vorbei sein?«

Ich muss lächeln, Lucia muss Filippo wirklich mögen.

Mit meinen Schwiegersöhnen geht mir das nicht so. Maria und Rosa haben zwei Spießer geheiratet. Beruflich erfolgreich, ein Eigenheim in der Provinz, mit offenem Kamin und Hund, aber keinerlei Interesse an Kunst, Kultur und dem Rest der Welt. Ich habe versucht, mich mit ihnen zu arrangieren, aus Liebe zu meinen Töchtern, aber die Männer haben sie mir immer mehr entfremdet, und schließlich bin ich zu einer verbitterten alten Hexe geworden. Ich gebe es zu, ich bin nachtragend und selbstgerecht. Wer mich auf Dauer nicht so respektiert, wie ich bin, ist mein Feind. Und meine kleingeistigen Schwiegersöhne haben es mehr als einmal an Respekt für mich und Domenico fehlen lassen.

»Es liegt leider nicht in unserer Hand, ob und wann eine Liebe zu Ende ist«, seufzt Nina erschöpft. Jetzt weiß ich, warum sie so lange gezögert hat, es ihrer Mutter zu erzählen, und bin ein klein wenig stolz, dass ich schon eher von der Trennung wusste. Gleichzeitig habe ich deshalb aber auch ein schlechtes Gewissen, ein bisschen zumindest. »Wir haben uns nur noch gestritten, sind zunehmend unsere eigenen Wege gegangen …«

»Das machen dein Vater und ich schon unser ganzes Leben, aber das heißt doch noch lange nicht, dass wir uns nicht mehr lieben!«

Nina hat mir erzählt, dass sich ihre Eltern bei einem Streit zwischen ihren Familien kennengelernt haben. Vieles erinnert mich an Domenico und mich. Auch ihre Familien kamen aus dem Süden, suchten Arbeit im Norden, lebten in Mietskasernen, bekamen viele Kinder. Damals waren Kinder noch ein Segen, auch wenn man kaum genug zu essen für sie hatte.

Lucia lebte mit ihrer Familie im zweiten Stock, mit Vater, Mutter und sechs Geschwistern in einer Zweizimmerwohnung.

Ninas Vater Antonio wohnte mit seiner Familie direkt darunter im ersten Stock, auch dort gab es wenig Platz und immer Lärm und Streit.

Lucias Familie stammte aus Sizilien, sie sprachen schnell und laut, schüttelten die Tischdecke voller Brotkrümel nach dem Mittagessen auf dem Balkon aus und rumorten jeden Abend, wenn sie in der Küche ihre Betten aufbauten.

Antonios Familie kam aus Kalabrien, sie drehten das Radio bis zum Anschlag auf, bauten Tomaten auf der Gemeinschaftsterrasse an und kochten mit viel Zwiebeln, und das bei offener Tür.

Sie waren sich sehr ähnlich, jedenfalls in den Augen der Mailänder. Aber gerade deshalb hatten sie immer Streit: Keiner gab nach, keiner gönnte dem anderen etwas.

Fast jeden Abend musste Antonio nach oben gehen und sich im Namen seiner Eltern beschweren.

Seid nicht so laut, schüttelt die Tischdecke nicht auf dem Balkon aus und knallt die Türen nicht so zu, da wackeln ja die Wände!

Hauptstreitobjekt waren die Gemeinschaftstoiletten, die von allen Mietern nach einem genauen Plan abwechselnd gereinigt werden mussten. Sie befanden sich im Hof neben der Treppe und durften auf keinen Fall zwischen ein und fünf Uhr morgens benutzt werden. Auch wenn es dringend war oder man Probleme mit der Blase hatte. Dann musste man eben den Nachttopf unter dem Bett benutzen. Das war ein ungeschriebenes Gesetz, keine Ahnung von wem, vielleicht noch aus dem Krieg, wegen der Verdunkelung. Und es wurde von Generation zu Generation weitergegeben, wie eine religiöse Vorschrift. Alle hielten sich daran, eine Verletzung dieser Ordnung hätte schreckliche Folgen gehabt.

Der kleine Tony (so nannte er sich, um zu zeigen, dass ihm der Name, den schon sein Großvater trug, nicht gefiel) war jahrelang zwischen den beiden Familien gependelt, war die Treppen hinauf- und hinuntergerannt, hatte mit den Fingerknöcheln an die Tür mit der abblätternden Farbe gepocht und auf der Fußmatte gewartet, im Sommer wie im Winter. Mal sagte er etwas, mal seufzte er nur verzweifelt, weil er nichts lieber wollte, als wieder runterzugehen und seine Ruhe zu haben.

Lucia hingegen musste oft auf ihre jüngeren Brüder aufpassen und sich um den Haushalt kümmern. Außerdem war sie für die Beschwerden der Kalabresen zuständig und musste dafür sorgen, dass der magere Junge, der immer etwas zu beanstanden hatte, so schnell wie möglich wieder verschwand.

Lucia und Antonio kannten sich also von Kindesbeinen an, der Wohnblock war ihre Welt. Sie hatten miteinander gelacht und gestritten, sich angeschrien und geschubst. Und als sie älter wurden, stellten sie fest, dass sich auf dem Nährboden des Hasses zwischen ihren Familien ein zartes Pflänzchen der Liebe entwickelt hatte. Wie bei Romeo und Julia.

»Eure Familien haben seit Generationen Krieg geführt, ihr führt das weiter, weil ihr keine andere Art des Zusammenlebens kennt«, erwidert Nina, die von der Penetranz ihrer Mutter genervt und verletzt ist. Sie hatte auf eine tröstende Umarmung gehofft. Aber Eltern und Kinder enttäuschen einander leider meist.

»Bei uns war das anders«, fuhr Nina fort, »wir haben nie gestritten. Wir hatten den gleichen Geschmack, die gleichen Interessen, wir mochten die gleiche Musik und die gleichen Filme. Als ich die Buchhandlung eröffnen wollte, hat er mich unterstützt. Und als er drei Monate in die USA gehen wollte, um dort eine Weiterbildung zu machen, habe ich ihn darin bestärkt.« Sie hält inne, und Michela und ich wissen, was ihr jetzt durch den Kopf geht. Und wenn seine letzte Affäre nicht die erste war? Hat er sich womöglich schon früher mit anderen Frauen getroffen? Ein solches Geständnis bringt alles ins Wanken: Wir stellen alles infrage, was gewesen ist, bewerten alles neu, auch die Vergangenheit, die für uns bisher in Stein gemeißelt war.

»Nina, kann ich noch etwas für dich tun?« Michela nutzt die Pause, um sich möglichst elegant zu verabschieden. Sie hat schließlich genug eigene Probleme, da muss sie nicht auch noch in das Familiendrama ihrer Freundin hineingezogen werden.

Nina schlägt die Hände vors Gesicht, als hätte sie gerade erst gemerkt, dass sie nicht allein ist mit ihrer Mutter. Willkommen in der Welt der Unsichtbaren, liebe Freundin!

»O Gott, Micky, entschuldige! Wir wollten doch dein Buch aussuchen, und jetzt habe ich mich ablenken lassen«, sagt sie und geht auf sie zu, während ihre Mutter sich wieder in meinen Sessel sinken lässt.

»Ach, das können wir auch ein andermal machen. Ich muss jetzt wirklich los, und du hast im Moment andere Probleme«, antwortet Michela und küsst sie zum Abschied rasch auf beide Wangen.

»Halt, vergiss das nicht!« Nina läuft ihr hinterher und winkt mit dem geschenkten Buch. Michela steckt es in die Tasche, lächelt und geht.

Dann macht sich Schweigen breit.

Nina versinkt wieder in ihrer Traurigkeit, aus der sie sich gerade so mühsam herausgekämpft hatte. Lucias Ärger ist verraucht, auch sie scheint sich jetzt Sorgen um ihre Tochter zu machen. Ich beobachte sie und frage mich, ob auch ich so leicht zu durchschauen bin, wenn es um meine Töchter geht.

Tony und Lucia wussten von Anfang an, dass ihre Liebe ein steiniger Weg sein würde. Die jahrelangen erbitterten Auseinandersetzungen hatten die Bande zwischen ihren Familien zerrissen, Starrsinn und Streitsucht ließen eine Versöhnung nicht zu. Aber Romeo und Julia aus der Vorstadt gaben nicht auf. Für sie war klar, dass sie heiraten würden, auch wenn Lucia noch keine achtzehn war. In diesem Alter ist der Lebenshunger so groß, dass man über mögliche Konsequenzen noch nicht nachdenkt.

Auch ich war einst eine blutjunge Braut und mit zwanzig schon Mutter. Damals gab es keine Alternative. Entweder du hast geheiratet und dich auf eigene Füße gestellt, oder du bliebst bei deinen Eltern, mit dem Risiko, als alte Jungfer zu sterben.

Ende der Siebzigerjahre, als wir Frauen endlich freier wurden, als man sich scheiden lassen konnte, eine Abtreibung nicht mehr strafbar war und die Regel aus Adriano Celentanos Lied »Chi non lavora, non fa l'amore«, wer nicht arbeitet, hat kein Recht auf Sex, nicht mehr galt. Als auf den Plätzen erst die roten und dann die schwarzen Fahnen wehten, als Terrorismus, Arbeitskämpfe und die Kommunisten uns in Atem hielten, als die Frauen Schlaghosen und geblümte Blusen trugen: In diesen chaotischen und hochexplosiven Jahren stiegen diese beiden jungen Leute in einen Zug nach Kalabrien. Die Revolutionsvorbereitungen ignorierend fuhren sie zu Ninas Urgroßvater Antonio, dem Tony seinen Namen verdankt, und der sie mit offenen Armen aufnahm und ihre Flucht, die man früher »durchbrennen« nannte, augenzwinkernd billigte.

Die beiden Ausreißer – sie siebzehn, er achtzehn – mussten der Tradition nach schnellstens miteinander verheiratet werden, wenn auch nur der leiseste Verdacht bestand, dass Sex im Spiel gewesen sein könnte. Man floh, um eine Beziehung öffentlich zu machen und die Familien vor vollendete Tatsachen zu stellen. Freiheit und Liebe sind Errungenschaften der letzten paar Jahrzehnte; davor gab es in Italien ein Gefühl, das stärker war als alles andere, und das war die Ehre.

»Nur Mut, mein Schatz, mach dir keine Sorgen. Du wirst sehen, alles wird gut.« Lucia schlägt sich energisch auf die Schenkel, springt auf und geht auf Nina zu. Sie hat die Nachricht verarbeitet, und ihr ist klar geworden, dass ihre Tochter statt Vorwürfen eher Zuspruch braucht. »Dann kannst du den Auflauf ganz allein aufessen«, lächelt sie und nimmt Nina in den Arm.

»Ich dachte immer, bei Liebeskummer kriegt man nichts runter«, erwidert Nina und lässt die Umarmung zu. »Alle meine Freundinnen haben abgenommen, als sie sich getrennt haben, aber bei mir funktioniert das nicht.«

Wie ich Nina um ihren gesunden Appetit beneide! Für mich schmeckt alles gleich fade.

Sie umarmen sich immer noch, als das Telefon klingelt. Nina macht sich los und geht dran. In diesem Augenblick betritt ein bärtiger, ungepflegt wirkender Mann in einem langen schwarzen Mantel den Laden und geht zum Lyrik-Regal. Nina behält ihn im Auge und konzentriert sich gleichzeitig auf das Telefonat.

»Ja, eine Spende ... verstehe«, höre ich sie sagen, während ich den Kunden beaufsichtige.

Da ich mich als Ninas Assistentin betrachte, fühle ich mich für die Buchhandlung verantwortlich, wenn sie beschäftigt ist.

»Ehrlich gesagt, ich habe nichts bekommen ... aber bei dem Chaos hier muss ich noch mal genauer nachsehen ...«

Das Telefonat geht weiter, und ich stelle mich neben den schwarz gekleideten Mann. Er blättert durch einen Gedichtband von John Keats, dabei hält er das Buch so dicht vor die Augen, dass er es fast mit der Nase berührt. Ein paarmal blinzelt er, seine Schultern heben und senken sich rhythmisch, dann bewegen sich seine Lippen, als ob er vorlesen würde, aber ohne Ton.

Lucia geht auf den Schreibtisch zu und berührt Nina, die sich immer noch durch die Papierberge wühlt, am Arm, um sie auf etwas aufmerksam zu machen.

»Entschuldigen Sie, ich verstehe sehr gut, dass Sie der Sache auf den Grund gehen wollen, aber ich brauche ein paar Tage, um das zu regeln. Natürlich bin ich interessiert. Nein, geben Sie sie nicht weg, ich bitte Sie. Ich habe es versprochen ...«, sagt sie gerade, als sie den Blick zu dem merkwürdigen Kunden wendet.

»Du hast mir die Seele geraubt, mit unbändiger Kraft!«, ruft dieser plötzlich in voller Lautstärke. Mir bleibt vor Schreck fast das Herz stehen.

»Es tut mir leid, aber ich muss Schluss machen. Ich verspreche Ihnen, dass ich mich melde, sobald ich die Unterlagen gefunden habe. Ich danke Ihnen für den Anruf.« Sie legt die Hand über die Hörmuschel, damit der Anrufer die poetischen Ergüsse des Kunden nicht hört, dann beendet sie das Gespräch.

»Du zwangst mich zu Dingen, die ich nicht will, weil ich dich liebe«, deklamiert er weiter und schreitet in die Ladenmitte, das Buch immer noch vor die Augen gepresst.

»Kann ich Ihnen helfen?« Nina versucht freundlich zu klingen, aber mit Sicherheitsabstand. Auch ich bin ein paar Schritte zurückgewichen. Zur Heldin tauge ich wirklich nicht.

Der Mann hält das Buch jetzt auf Stirnhöhe. Ich muss mich zwingen, nicht loszuprusten, während Lucia zunehmend beunruhigt wirkt.

»Ohne dich kann ich nicht atmen«, rezitiert er

jetzt auswendig, mit der Grandezza eines Opernsängers, das Buch wie ein Banner in die Luft gereckt.

»Gut, ähm ... Sie interessieren sich für Gedichte? Möchten Sie den Band kaufen?«

Unvermittelt lässt der Mann das Buch sinken, kneift die Augen zusammen und wirkt jetzt wie eine Karikatur, bedrohlich und lächerlich zugleich, was durch den starken Kontrast zwischen den spärlichen Augenbrauen und dem wild wuchernden Bart noch verstärkt wird.

Nina beißt sich auf die Unterlippe, wie immer, wenn sie nach einem Ausweg sucht. Bei solchen »Exzentrikern« braucht man Fingerspitzengefühl. Man weiß nie, wie sie reagieren. Mal brechen sie in Tränen aus, mal verharren sie in dumpfem Schweigen, lachen prustend los, fuchteln wild mit den Armen oder werden wütend. Und bei einem so kräftigen Mann, der mit seinem schwarzen Mantel und dem struppigen Bart richtig gefährlich aussieht, was können drei Frauen, von denen eine schon eher einer Mumie gleicht, da ausrichten?

»Ohne dich kann ich ...«, setzt er erneut an, »... nicht ...«, er macht zwischen den Worten dramatisch lange Pausen, »atmen ...« Wir geraten in Panik.

»Sehr schöner Vortrag, Sergio!«, hört man eine Stimme hinter uns sagen, gefolgt von Applaus. »Bravo, du bist einfach der Beste. Darf ich das Buch mal sehen?«

Nina und ich sind sprachlos, als wir das Gesicht unseres Retters erkennen. Es ist Leonardo, der blonde Musiker, der jetzt die Hand nach dem Gedichtband ausstreckt. Dann zwinkert er Nina komplizenhaft zu.

»Meine Damen«, sagt er und klopft dem bärtigen Mann auf die Schulter, der plötzlich ganz zahm ist, »Sergio ist einer der größten lebenden Poeten …«

Er bringt ihn zur Tür, und der Mann verlässt widerstandslos den Laden. Als er auf dem Bürgersteig steht, dreht er sich noch mal um und verzieht den Mund zu einem ungeschickten Lächeln.

»… leider verbringt er, wie so viele Dichter, den Großteil seiner Zeit nicht in der Realität, sondern in seiner eigenen Welt«, erklärt er.

Er drückt Nina den Gedichtband in die Hand.

»Danke … aber ich kenne dich doch«, stammelt sie verlegen und errötet, wahrscheinlich fällt ihr gerade wieder ein, wie sie Leonardo beim letzten Mal behandelt hat.

»Gut, dass du gekommen bist, das war Rettung

in letzter Minute«, sagt Lucia und schüttelt ihm die Hand. »Wer weiß, wozu solche Leute fähig sind?«

»Er ist völlig harmlos«, wiegelt Leonardo ab. Er scheint den Poeten gut zu kennen, aber es ist wohl nicht das erste Mal, dass er ihn aus einer misslichen Situation befreit hat.

Wieder erinnert mich der junge Mann an Domenico. Auch er hatte viele merkwürdige, vom Pech verfolgte Freunde, für die er sich einsetzte, damit sie nicht ganz zu Außenseitern wurden.

»Das mag ja sein, aber mir hat er Angst gemacht. Ich war ziemlich ratlos, was ich tun sollte.«

»Hast du ihn etwa für einen Dämon in Menschengestalt gehalten, der hier sein Unwesen treibt?«, spottet er.

Nina reißt überrascht die Augen auf. Ist das nicht ein berühmtes Zitat? Leider ist mein Gedächtnis wie ein Sieb.

»Ich predige meiner Tochter immer wieder, wie gefährlich es ist, allein im Laden zu sein.« Lucia ist nicht zu stoppen. »Besonders, wenn man die Tür immer offen lässt …«

»Meine Tür steht jedem offen, ich will ja schließlich Kundschaft haben.« Nina schüttelt den Kopf. Wie oft hat sie die Litanei über die wachsende Kriminalität im Viertel schon gehört, über die aggressiven Ausländer und »dass man der Realität ins Auge sehen muss«. Ein unerträglicher Gedanke. Sie will keine Angst haben, vor allem nicht vor Menschen. Natürlich kann jederzeit und überall etwas passieren, aber rückblickend gesehen, hatte sie in ihrem Buchladen sehr viel mehr positive als negative Erlebnisse.

Lucia brummelt vor sich hin, spart sich aber jeden weiteren Kommentar. Für heute reicht es. Ihre Nerven sind genug strapaziert, sie fühlt sich müde und ausgelaugt, ihr hätte schon der Auszug von zu Hause als Aufregung genügt.

»Nochmals vielen Dank«, sagt Nina, »es war wirklich ein glücklicher Zufall, dass du hier vorbeigekommen bist und den ... ähm ... Auftritt deines Freundes gehört hast.«

»Ehrlich gesagt wollte ich zu dir.«

Sie zieht überrascht die Augenbrauen hoch.

»Ich wollte dir das beim letzten Mal schon sagen, es geht um die Spende, du weißt schon, die Bücherspende. Ich sollte dir helfen.«

Nina tippt sich mit zwei Fingern an die Stirn, als ob sie endlich die letzten Puzzleteile zusammenfügen kann.

»Ach darum ging es! Gerade hat jemand deswegen angerufen. Entschuldige, an dem Abend war ich ziemlich gestresst.«

»Auf mich hast du eher ziemlich aufgedreht gewirkt, als hättest du etwas zu viel getrunken«, grinst er.

Das ist bei Nina die falsche Strategie. Jetzt ist sie sauer. Sie lässt sich nicht gerne lächerlich machen, schon gar nicht von einem Mann. Auf die Spezies der Lügner-Betrüger-Verräter reagiert sie zurzeit allergisch.

»Nicht gerade ein Kompliment, jemand als Alkoholiker abzustempeln, den du nicht mal kennst«, faucht sie und blitzt ihn wütend an.

»Sei nicht gleich eingeschnappt, das sollte ein Witz sein!«

Ich weiß, dass der junge Mann es nicht so meint, aber seine Wortwahl ist ziemlich ungeschickt. Wer Nina als eingeschnappt bezeichnet, macht sie sich auf Jahre zum Feind.

Sie dreht sich um und rückt einige Bücher zurecht, die bereits schnurgerade ausgerichtet sind.

»Was die Sache mit der Spende angeht … ich habe im Augenblick viel zu tun. Außerdem suche ich noch nach einem Umschlag, in dem ein Schlüssel sein soll. Keine Ahnung, ob ich den überhaupt bekommen habe«, murmelt sie und weicht seinem Blick aus.

»Na gut. Mir hat man gesagt, es sei dringend, aber wenn du keine Zeit hast …«

»Ich habe im Moment viel zu tun.«

Er kratzt sich am Kopf und beobachtet sie bei ihrem sinnlosen Hin-und-her-Geräume.

»Weißt du was? Ich geb dir einfach meine Nummer. Dann kannst du mich anrufen, wenn du mich brauchst.«

Auf der Suche nach einem Stift geht er auf den Schreibtisch zu, zieht ein zerknittertes U-Bahn-Ticket aus seiner Seemannsjacke und kritzelt eine Nummer darauf. Da Nina nicht reagiert, platziert er den Fahrschein gut sichtbar auf der Tastatur.

»Wir hören voneinander, bis bald, Nina«, sagt er schließlich und geht zur Tür.

»Warte!«, ruft Lucia, als er schon fast draußen ist. »Hilfst du mir bitte?«, fügt sie hinzu und zeigt auf den riesigen Trolley, den sie vor ein paar Stunden in die Buchhandlung geschleppt hatte.

»Er ist einfach zu schwer, den Rückweg schaffe ich nicht allein. Kannst du vielleicht mitkommen? Ich lade dich auch auf einen Kaffee ein.«

Leonardo nickt, greift galant nach dem Koffer und geht nach draußen.

»Wolltest du nicht zu mir ziehen?«, fragt Nina verblüfft.

»Entschuldige, Schätzchen, aber dein Vater kommt bald nach Hause, und es ist besser, wenn ich dann zurück bin. Wer weiß, was er sonst alles anstellt.«

Sie nimmt sie fest in den Arm und küsst sie auf die Wangen.

»Komm doch heute Abend zum Essen, es gibt Nudelauflauf. Ohne Käse, extra für dich. Und Fleischbällchen«, fügt sie hinzu und verschwindet, uns lässt sie entgeistert zurück. Was für eine verrückte Welt!

9

»Ich bin gleich da, ich bediene nur noch die Herrschaften hier«, sagt Nina zu den beiden jungen Frauen, die gerade den Laden betreten haben und sich neugierig umsehen.

Es ist Samstagmorgen, und der Laden ist proppenvoll. Als Nina pünktlich um Viertel vor elf den Rollladen hochzog (oder sagen wir besser, fast pünktlich, denn eigentlich öffnen wir um halb elf), standen schon einige Kunden vor der Tür.

Meist ist bis Mittag wenig los, es sei denn, Emma oder ein anderer Ladenbesitzer aus der Nachbarschaft kommen auf einen Kaffee vorbei. Aber heute scheinen alle fest entschlossen, Bücher kaufen zu wollen, geben einander Tipps und tauschen sich angeregt aus.

»Ja, das bin ich«, antwortet Nina und betrachtet

den Zeitungsausschnitt mit dem Foto, das sie inmitten ihrer geliebten Bücher zeigt. Sie ist feuerrot geworden, ihre Ohrläppchen glühen, und ich habe Angst, sie könnte jeden Moment in Flammen aufgehen.

Wir hatten zwar gehofft, dass der Artikel uns ein paar neue Kunden bringt, aber eine so überwältigende Resonanz übertrifft unsere Erwartungen bei Weitem.

Natürlich verbreiten sich Neuigkeiten heutzutage in null Komma nichts, und vielleicht ist das Feuer in einigen Tagen auch schon wieder erloschen, aber heute genießen wir es, dass die Leute Schlange stehen, um Träume zu kaufen: Bücher, die sie gleich im Laden lassen, damit sie weitergeschenkt werden können.

»Mama, könntest du den Herrschaften bitte eine Quittung schreiben?« Lucia ist spontan eingesprungen, um zu helfen. Zunächst hatten wir versucht, allein klarzukommen, aber ich kann keinen Computer oder ein anderes technisches Gerät bedienen, und das Internet ist für mich ein Buch mit sieben Siegeln. Gut, mit meiner alten Olivetti-Schreibmaschine, dem riesigen Fotokopierer im Büro und dem Videorekorder, den uns unsere Schwiegersöhne geschenkt hatten, bin ich einigermaßen zurechtgekommen. Aber eine Bestellung über das Internet? Nina hätte mich ohnehin nicht um Hilfe gebeten, weil sie mich auf keinen Fall ausnutzen will, ich bin nur eine Freundin, die ihr Gesellschaft leistet und sie bei den kleinen (und häufig auch den großen) Sorgen tröstet, die ihr auf der Seele liegen.

»Gib ihr doch eine Kundenkarte, dann bekommt sie Rabatt«, sagt sie zu Lucia angesichts einer Kundin, die einen großen Stapel Bücher vor der Kasse aufbaut.

Lucia ist schon dabei, sie auszustellen; man merkt sofort, dass sie ihr Leben lang berufstätig war. Vor ein paar Monaten hat ihre Firma nach harten Auseinandersetzungen mit der Gewerkschaft Kurzarbeit angeordnet, und jetzt bleibt mal sie, mal ihre Kolleginnen zu Hause. Sie betreut dann ihre Enkelin, hilft in der Buchhandlung aus, streitet und versöhnt sich mit ihrem Mann.

Ein etwa Zwanzigjähriger hält »Per Anhalter durch die Galaxis« in der Hand und wartet darauf zu bezahlen. Eine Frau, wahrscheinlich seine Mutter, steht ungeduldig neben ihm.

»Hast du endlich etwas ausgesucht?«, fragt sie.

»Ja, aber ich will es weiterschenken.«

»Aha«, murmelt sie, »und erfahren wir wenigstens, an wen das Buch geht?«

»Eigentlich«, schaltet sich Nina ein, »ist die Idee ja, dass das Buch von Leser zu Leser wandert und man genau das nicht weiß.«

Die Frau schaut sie ernst an und verzieht keine Miene. Dann wandert ihr Blick zu dem Buch.

»Das wollte ich schon immer lesen!«

»Dann kauf es dir doch«, schlägt der junge Mann vor.

»Entschuldige bitte, du hast es doch gerade gekauft, warum soll ich dann noch ein Exemplar kaufen?«

»Weil ich es weiterschenken will. Das habe ich dir doch schon erklärt«, er versucht, leise zu sprechen.

»Aber du kannst es doch mir schenken!«

»Was redest du denn da? Darum geht es doch nicht.«

»Warum denn? Wenn du willst, warte ich draußen vor der Tür, bis du bezahlt hast, dann komme ich wieder rein und sie schenken es mir, weil ich die nächste Kundin bin.«

Der junge Mann fährt sich verzweifelt über das Gesicht. Ich habe den Verdacht, dass er öfter solche Gespräche mit seiner Mutter führt, und bedauere ihn ein bisschen.

»Ich hätte da mal eine Frage«, die Frau versucht

Ninas Aufmerksamkeit auf sich zu ziehen. »Kann man nicht aussuchen, wer das Buch bekommt?«

Am liebsten würde ich mich einmischen und ihr eine sarkastische Antwort geben. Aber heute ist ein Glückstag für die Buchhandlung, und ich halte mich zurück. Ich schüttele nur missbilligend den Kopf. Was für einen Sinn sollte das haben? Dann wäre es ja nichts Besonderes mehr. Es wäre wie gewohnt: Man wählt ein Buch aus und verschenkt es dann an eine bestimmte Person, von der man weiß, dass sie es schätzen wird.

Aber hier, in unserer lilafarbenen Welt, soll alles anders sein. Wir lassen den Zufall entscheiden, oder das Schicksal, wenn man es so nennen will. Wir schenken einem Menschen, von dem wir nicht einmal wissen, dass es ihn gibt, Worte, eine Geschichte, Anregungen. Das ist etwas ganz anderes als ein Routinegeschenk zu einem bestimmten Anlass wie Geburtstag oder Weihnachten. Es ist eine spontane Geste, der Wunsch, jemanden an seiner Gefühlswelt teilhaben zu lassen, einfach um etwas Schönes mit anderen zu teilen.

»Wir wissen selber nicht, wer das Buch bekommt«, erwidert Nina freundlich, das ganze Mutter-Sohn-Dilemma hat sie gar nicht mitbekommen.

Der junge Mann bezahlt das Buch, schafft auf

dem überladenen Tisch gerade genug Platz, um eine Widmung hineinzuschreiben, dann gibt er es Lucia und stürzt mit hochrotem Kopf aus dem Laden.

»Du schaffst es immer wieder, mich wie einen Idioten dastehen zu lassen«, höre ich ihn noch zu seiner Mutter sagen.

Nina ist im siebten Himmel, sie sprüht vor Energie und Lebensfreude. Trotz der Hektik bemüht sie sich, zu jedem freundlich zu sein, egal ob er ein Buch kauft, die Klappentexte liest oder sich nur den Laden aus dem Zeitungsartikel einmal näher ansehen will.

»Ich wusste gar nicht, dass es in unserem Viertel eine Buchhandlung gibt«, sagt ein weißhaariger Mann und schüttelt Nina die Hand, »obwohl ich schon eine Ewigkeit hier wohne. Aber seit ein paar Jahren bin ich nicht mehr so viel unterwegs. Früher gab es das Parteibüro, den Stammtisch, die Bar, wo man eine Partie Karten spielte ... aber das war einmal. Ich bin nicht mehr so gut zu Fuß, deshalb sitze ich meistens zu Hause vor dem Fernseher. Dieses Viertel hat sich so sehr verändert, ich erkenne es kaum wieder, vieles verstehe ich auch nicht. Aber es ist gut, dass ihr jungen Leute jetzt den Ton angebt, ihr habt noch die Kraft und die Geduld, etwas zu verändern.«

Ich schaue in sein von tiefen Falten durchzogenes Gesicht, er kommt mir bekannt vor. Nicht weil ich ihn schon mal getroffen habe, sondern weil ich mich in ihm wiederfinde, meine Geschichte, meine Erinnerungen, meine Nostalgie.

Die Nostalgie ist ein grausames und überflüssiges Gefühl, denn für diese Sehnsucht gibt es keine Lösung. Man kann die Zeit nicht zurückdrehen, Vergangenes nicht zurückholen und noch einmal erleben.

Früher wurde das Leben hier im Viertel von der Eisenbahnlinie beherrscht, alles war mit Ruß bedeckt, Züge rauschten unmittelbar an einem vorbei, Fahrgäste drängten sich auf den Bahnsteigen. Es waren meist Pendler aus der Provinz, die nach Mailand fuhren, um in den Manufakturen, den Werkstätten und den Fabriken mit den immer lodernden Hochöfen zu arbeiten. Die Eisenbahn war wie ein Tier, sie schnaubte, zischte, quietschte und prustete. Tag und Nacht. Heute fährt nur noch die U-Bahn, der Bahnhof ist eine letzte Anlaufstelle für Verzweifelte, Obdachlose und Junkies. Man kann sich kaum vorstellen, dass hier früher einmal der Nabel der Welt war. Meiner Welt.

An den Wänden des Bahnhofs lehnten früher Hunderte von Fahrrädern. Die Pendler ließen sie über Nacht dort stehen, eins an das andere gekettet, wie geduldige Tiere in einem Stall. Wenn sie dann frühmorgens in die Stadt kamen, entfernten sie die Ketten, setzten sich auf ihre Drahtesel und schwärmten in alle Richtungen aus.

In den Fünfziger- und Sechzigerjahren interessierten sich die Leute leidenschaftlich für Fußball, aber ihre Herzen schlugen für den Radsport. In dieser Zeit lernte ich Mailand lieben.

Gespannt fieberte man dem Giro d'Italia entgegen, verfolgte fasziniert die Rivalität zwischen Fausto Coppi und Gino Bartali, und später zwischen Eddy Merckx und Felice Gimondi. Sehr beliebt waren auch die Radrennen im *Velodromo Vigorelli*.

Domenicos Kollege Fausto, der mit seinen muskulösen Beinen in die Pedale trat wie ein Teufel, hatte uns zwei Karten für ein Konzert im Vigorelli geschenkt, für »eine Gruppe aus England, die gut sein soll«. Seine Frau hatte die Schicht nicht tauschen können, und allein hatte er keine Lust.

»Dome, nimm du die Karten, du kennst dich doch aus mit Musik«, hatte Fausto gesagt, als er bei uns zum Kaffeetrinken war.

Und so wurden mein Mann und ich am 24. Juni 1965 Zeugen eines denkwürdigen Ereignisses. Wir fuhren auf der Lambretta zum Velodrom, es war ein extrem schwüler Tag. Wir konnten ja nicht ahnen, dass es das erste Konzert der Beatles in Italien war, dieser Band aus Liverpool, die Musikgeschichte schreiben würde.

Im Laden herrscht immer noch Hochbetrieb.

Neben Neugierigen sind auch Stammkunden gekommen, die Freunden ihre Buchhandlung zeigen und mit Nina Selfies machen. Es geht einiges an Büchern über den Ladentisch, nach den mageren Zeiten klingelt endlich einmal die Kasse. Bei aller Freude über Ninas Erfolg wird mir das Ganze allmählich zu viel. Vielleicht bin ich inzwischen auch zu alt für diesen Trubel.

Wenn ich nicht so ängstlich wäre, würde ich gern mein Biotop verlassen und ein wenig umherstreifen, um nachzusehen, was von meinem alten Stadtviertel übrig geblieben ist.

Stadtentwicklung.

Das Wort habe ich in letzter Zeit öfter gehört. Das Viertel hat an Wohnqualität verloren, und deshalb hat man kräftig investiert, aufwendig saniert und renommierte Architekten damit beauftragt, das Erscheinungsbild aufzuwerten.

Die Fabriken sind geschlossen, aus den Schloten dringt kein Rauch mehr, kein Güterzug rollt, die Werkstätten wurden zu seelenlosen Filialen großer

Ketten umfunktioniert, die Produkte verkaufen, die vom anderen Ende der Welt kommen. In den Kneipen gibt es keine Tische mehr, an denen Arbeiter zu Mittag essen, stattdessen hat man dudelnde Glücksspielautomaten aufgestellt. Die Höfe sind leer, die Stühle entsorgt, auf denen früher die Alten gesessen und ein Schwätzchen gehalten haben, während sie auf ihre Kinder warteten, bis die Fabrik Feierabend machte. Es gibt immer mehr Autos, man braucht immer mehr Parkplätze, Raum, der den Kindern zum Spielen fehlt, die vor lauter Verkehr auch nicht mehr auf der Straße spielen können. Die Gesichter der Arbeiter, die stolz auf ihren Lohn waren, sind den ängstlichen Augen der jungen Leute mit Zeitverträgen gewichen, den zornig dreinblickenden Studenten ohne berufliche Perspektive, dem resignierten Lächeln der Flüchtlinge, die vergebens auf das gelobte Land gehofft hatten. Die kritischen Geister sind verschwunden, die Revolutionäre und Visionäre, die aus dieser Tartarenwüste ein blühendes Paradies machen wollten.

Endlich habe ich die Fußgängerüberführung hinter dem Bahnhof Porta Romana erreicht. Meine Augen brennen, ich habe Schwierigkeiten, die Farben zu unterscheiden. Aber das Gehen fällt mir seltsam leicht, als wäre ich schwerelos, auch die

Hektik um mich herum berührt mich nicht. Ich habe schon so vieles gesehen, schon so viel erlebt, ich brauche nicht mehr mitzumachen.

Geduldig warte ich an der Ampel auf Grün, dann gehe ich die Via Brembo entlang, parallel zu den verlassenen breiten Schienen. Überall Baustellen, Gerüste, um die Fassaden der alten Häuser neu zu streichen, vor denen sich abends die Prostituierten die Lippen nachziehen. Weiter unten, wo früher eine Destillerie war, soll ein Kunst- und Kulturzentrum entstehen, habe ich gehört. Die Ungeduld auf das Neue liegt schon in der Luft wie früher der Ruß. Getragen von dieser Euphorie eröffnen neue Lokale und die alten, die die Invasion der Kebabläden überlebt haben, polieren ihre Schilder und putzen sich heraus. Neue Bürogebäude entstehen, die Mieten steigen, und wenn man hier wieder Arbeit finden kann, dann kommen vielleicht auch die Züge zurück und mit ihnen neues Leben.

Aber das wird ein weiter Weg. Die alte Papierfabrik in der Via Calabiana, auf deren Papier Alessandro Manzoni vor fast zwei Jahrhunderten seine Werke drucken ließ, und damit sich und die Stadt Mailand unsterblich gemacht hat, produziert kein Blatt mehr. Auch hier findet man keine Arbeiter im Blaumann mehr, die in der Pause mit schwieligen

Händen ihre filterlosen »Nazionali« aus der Tasche zogen. An ihrer Stelle sieht man jetzt saubere Gesichter, manikürte Fingernägel und teure Anzüge, hört man fremde Sprachen und blickt man in weltgewandte Augen.

Vielleicht stimmt es ja, dass nichts ein Ende hat, sondern die Dinge sich nur verändern. Nach einer langen Agonie kann man genesen, kann der Wohlstand zurückkehren. Ninas leidenschaftliche Tatkraft, ihr Mut und ihre rosige Weltsicht haben mir das gezeigt.

Nichts ist verloren. Es beginnt nur neu.

Während ich langsam wieder zurück in die Buchhandlung gehe, frage ich mich allerdings, ob in dieser neuen Welt überhaupt noch Platz für mich ist.

Während ich noch auf dem Fußgängerübergang hinter dem Bahnhof bin, höre ich Ninas Stimme: »Ganz schön mutig, hier aufzutauchen!«

Ich gehe langsam weiter und sehe sie auf dem Zugang zur Via Sannio mit einem groß gewachsenen schwarzhaarigen jungen Mann sprechen, der mir bekannt vorkommt.

»Ich habe den Artikel gelesen ... und als ich dich auf dem Foto gesehen habe, so strahlend und schön, da konnte ich nicht anders, ich musste einfach kommen.«

»Das kann ich mir vorstellen, du folgst ja immer deinem Instinkt, was?« Sie schreit jetzt, wendet den Blick ab und reißt wütend ein Efeublatt ab, das sich für immer von seinen Schwestern am Zweig verabschieden muss.

»Jetzt bist du aber ungerecht ...«

»Ich bin was?« Nina explodiert. »Das ist nicht dein Ernst. Du hast mich belogen und für deine Spielchen benutzt, ich glaube nicht, dass du das Recht hast, das Wort Gerechtigkeit auch nur in den Mund zu nehmen.«

Andrea, der verheiratete Lover, der der kriselnden Beziehung zwischen Filippo und Nina den Todesstoß versetzt hatte, der ihr das Lächeln zurückgebracht und dann ihr Herz gebrochen hat, der ihr die Illusion einer neuen Liebe schenkte, die sich als Lüge entpuppt hat.

Ich muss ihn vor meinem Unfall in der Buchhandlung getroffen haben. Er war ein paarmal dort, hat Bücher gekauft und mit Nina geplaudert.

Ein charmanter Mann, ein guter Zuhörer, der sie sofort interessiert hatte. Sie sprachen über Literatur, über Kunst und Kultur, über Museen und Ausstellungen. Und er brachte sie zum Lachen: Und wer eine Frau zum Lachen bringt, ist nur noch einen Schritt von ihrer Seele entfernt.

Danach habe ich ihn nicht mehr gesehen. Wahrscheinlich haben sie Telefonnummern ausgetauscht und sich virtuell den Hof gemacht, mit kurzen Sätzen, Zitaten, Songtexten, Fotos und nächtlichem Geplauder, wie das die jungen Leute heute so machen.

Ich erinnere mich, dass sie dieses Teufelsding, ohne das gar nichts mehr geht, damals nicht aus den Augen ließ. Heute muss man ja nicht mal mehr telefonieren, um sich zu unterhalten. Beim kleinsten Geräusch eilte sie zum Schreibtisch oder zog das Handy aus der Tasche, um die neue Nachricht zu lesen, mit einem breiten Grinsen, das fast von Ohr zu Ohr reichte.

Sie flüstern jetzt miteinander, drehen mir den Rücken zu, als ob sie Geheimnisse austauschen wollten. Ich könnte mich noch näher schleichen, aber ich fürchte, entdeckt zu werden. Deshalb bleibe ich einige Meter von ihnen entfernt stehen, dicht an der Hauswand.

»Du warst wirklich wichtig für mich geworden, wie konnte ich nur auf dich reinfallen?« Nina seufzt, ihre Stimme zittert vor Wut.

»Aber ich war für dich da, die ganze Zeit. Als deine Freundin gestorben ist, als du mich gebraucht hast ...«, sagt er und streichelt ihr die Wange, dann schiebt er ihr eine Locke hinters Ohr. Sie lässt es zu. Am liebsten würde ich ihr zurufen: »Achtung!«, um sie vor seinen Schmeicheleien zu warnen.

Aber wieder einmal geht es hier nicht um mich, und ich kann nur tatenlos zusehen und hoffen, dass sie die richtigen Entscheidungen trifft.

»Ich hatte ja sonst niemand zum Reden, und Filippo war so weit weg. Aber du ... du hast mir das Gefühl gegeben, mich wirklich zu verstehen und dass ich dir vertrauen kann. Eine Illusion.«

»Aber du kannst mir vertrauen, Nina. Ich bin doch immer noch ich.«

»Ich weiß nicht, wer du bist, Andrea, zumindest nicht, wer du wirklich bist. Ich weiß nur, dass du eine ganze Menge Unwahrheiten erzählt hast, um mich ins Bett zu kriegen.«

Er kratzt sich nervös am Kinn, steckt dann die Hände in die Hosentaschen und beißt sich auf die Lippe. Ein großartiger Schauspieler, er wirkt richtig zerknirscht. Jetzt verstehe ich, warum er sie rumgekriegt hat.

»Wenn es mir nur darum gegangen wäre, das hätte ich auch früher haben können, und danach hättest du mich nie wiedergesehen«, sagt er mit brutaler Offenheit, die sich sehr ehrlich anhört, »aber das war es nicht. Zwischen uns war mehr als Sex, und das weißt du auch. Wir sind seelenverwandt, wir haben so viel gemeinsam. Du bist meine zweite Hälfte, die mir abhandengekommen war.«

»Ach, und was ist mit der dritten Hälfte, deiner Frau?«

Gut gekontert, lass dich nicht einwickeln!

»Du hast recht. Du hast allen Grund sauer zu sein. Ich war feige und habe gelogen, weil ich dir nichts von meiner Frau erzählt habe.«

»Du hast sogar den Ehering ausgezogen …«

Gib's ihm! Sag ihm, was für ein charakterloser Wurm er ist!

»Aber ich trage nie einen Ehering, das ist doch nur ein x-beliebiger Gegenstand ohne Bedeutung, schau mal«, er nimmt die rechte Hand aus der Hosentasche.

Nina reißt die Augen auf, damit hat sie nicht gerechnet. Sie wird ihm doch nicht auf den Leim gehen? Mir schwant nichts Gutes.

»Ich gebe ja zu, am Anfang war es nur ein Spiel, es war amüsant, mit dir zu plaudern.« Andrea spricht weiter, und sie findet endlich wieder den Mut, ihm ins Gesicht zu schauen. »Du warst wie eine Insel des Glücks im Meer der Trostlosigkeit, zu dir konnte ich mich aus der Monotonie meines

Alltags flüchten. Damit hatte ich überhaupt nicht gerechnet, als ich das erste Mal in deine Buchhandlung kam. Ich wollte nur ein Buch kaufen, aber als du auf mich zukamst ... mit deinem Lächeln und deiner Lebensfreude, da hast du etwas in mir entflammt, was für immer erloschen zu sein schien.«

»Ich habe nicht ...«

»Lass mich bitte ausreden«, er legt ihr sanft einen Finger auf die Lippen, der König der Latin Lover. »Wenn ich da schon gewusst hätte, dass du so wichtig für mich werden würdest, hätte ich mit offenen Karten gespielt. Ich weiß, ich war feige, aber ich glaubte zu träumen. Ein wunderschöner Traum in der hässlichen Realität. Und ich gebe zu: Ich hatte Angst, dich zu verlieren, wenn ich dir die Wahrheit sagte.«

Er hält inne.

Nina presst sich die Hände auf den Mund, damit hat sie nicht gerechnet.

Ich mache das Gleiche, aber weil mir fast schlecht wird von dem Gesülze. Nina weiß doch aus unzähligen Romanen, was von so einem Schmus zu halten ist!

»Und am Ende habe ich Idiot dich wirklich verloren.«

»Du warst ... wirklich in mich verliebt?«, fragt sie, und ihre Stimme zittert.

»Ich bin es noch immer«, entgegnet er und blickt ihr tief in die Augen.

Und eine Sekunde später treffen sich ihre Lippen zu einem innigen Kuss, während ich nur einen Wunsch habe: Hoffentlich braust jetzt ein Zug auf uns zu und macht dem ein Ende.

10

»Sag das noch mal, bitte. Ich glaub es einfach nicht.«

»Ach komm, Emma.« Nina versucht, sich dem Kreuzverhör zu entziehen, wirkt dabei aber eher amüsiert. »Wir sehen uns wieder, und ich gebe ihm die Chance, seine Sicht der Dinge darzulegen. Er hat mich überrumpelt, und ich muss das Ganze erst einmal verarbeiten. Das heißt aber nicht, dass ich ihm verziehen habe.«

»Ach wirklich? Und was war das am Bahnhof? Wenn man heimlich jemanden küsst, dann hat man ihm doch wohl verziehen?« Emma versucht die Situation ins Lächerliche zu ziehen, aber ich bin sicher, dass sie genauso wütend ist wie ich. Die Rückkehr des verheirateten Liebhabers. Unsere Freundin hat er wieder rumgekriegt, aber der vorurteilsfreie (und zynische) Blick jeder anderen Frau hätte sofort erkannt, dass Andrea ein Meister im Manipulieren ist.

»Wir haben uns nicht versteckt. Er ist einfach im Laden aufgetaucht, als gerade Hochbetrieb herrschte. Was hätte ich denn machen sollen? Wir brauchten ein stilles Plätzchen zum Reden. Die Buchhandlung war voller Leute!«

»Gott sei's gesungen und getrommelt!«

»Und das verdanken wir dem Interview, das du mir vermittelt hast. Aber ich konnte das doch nicht vor den Kunden klären«, rechtfertigt sie sich. Ich bekomme ein bisschen schlechtes Gewissen, ich habe ja alles mitbekommen, aber das war reiner Zufall, ehrlich. »Aber denk doch mal an meine Mutter. Wenn die das mitbekommen hätte!«

»Bloß nicht. Sie würde dich bedrängen, wieder zu Filippo zurückzukehren, in ihren Augen wärt ihr jetzt quitt. Was findet sie eigentlich an ihm?«

»Du hast ihn ja noch nie leiden können.«

»Filippo war nett, ihr habt euch gut verstanden. Aber ehrlich gesagt, ich habe immer gedacht, dass eine Frau wie du, die jeden Tag halsbrecherische Abenteuer, glühende Leidenschaft und herzzerreißende Romanzen durchlebt, einen ... aufregenderen Partner verdient hätte.«

»Aber das war er doch. Er ist viel gereist, hat

studiert, besuchte Museen, war offen für vieles ...«

»Offen war er allerdings«, spottet Emma, »aber sag mal, warum verteidigst du ihn denn jetzt?«

»Das ist wie ein Reflex. Das passiert zum Beispiel auch, wenn jemand, auch aus unserer Familie, meine Mutter kritisiert. Das ist mein Beschützerinstinkt, kritisieren darf nur ich.«

»Das kenne ich. Das geht mir genauso, wenn jemand meinen Mann kritisiert, obwohl er einem manchmal wirklich auf die Nerven gehen kann.«

»Moment mal! Wie ist das eigentlich bei euch? Hast du niemals Zweifel daran gehabt, ob er der Mann ist, mit dem du den Rest deines Lebens verbringen willst?«

Emma legt den Kopf schief und denkt einen Moment nach.

»Nein, nie. Natürlich würde ich mir wünschen, dass sich manches ändert und er mich mehr unterstützt, aber eines weiß ich ganz genau: Er ist mein Ruhepol, mein Anker. Kannst du das verstehen?«

Nina seufzt, sie sieht traurig aus.

»O ja. Als ich Andrea traf, spürte ich, wie er die Leere in mir endlich füllen konnte. Er hat mir einfach gutgetan. Vor allem nach der Beerdigung ...«
Sie blickt zu mir herüber und hält inne. Sie hat mir

nie von dieser Freundin erzählt, die vor Kurzem gestorben ist. Ich glaube, sie will mich damit nicht belasten. Sie hat mich nur zweimal weinen gesehen: als Domenico gestorben ist und als ich ihr ein Foto von Angela gezeigt habe, meiner jüngsten Tochter, die nicht mehr am Leben ist.

Ich würde ihr gerne beweisen, dass ich das ertragen kann, obwohl ich müde und erschöpft bin, dass ich das Gewicht des Schmerzes durchaus noch schultern kann, trotz der Bürden der Vergangenheit. Aber so ist sie eben, das ist ihre Art, ihre Zuneigung auszudrücken. Deshalb schweige ich lieber. Die Wertschätzung der anderen ist immer eine Wohltat.

»Er war für mich da. Als Filippo immer später nach Hause kam oder sogar auswärts übernachtete, ob auf Dienstreise oder bei dieser Frau … Wir haben viel telefoniert und dabei über Gott und die Welt geredet, über uns, die Zukunft, über unsere Träume, aber vor allem über Literatur. Egal um welches Buch es ging, er kannte es fast immer.«

»Ich auch. Schließlich gibt es Google.«

Ich kichere vor mich hin und stecke meine Nase noch tiefer in »Kassandra«. Ich tue so, als sei ich ganz und gar in Christa Wolfs Werk vertieft, aber natürlich habe ich meine Ohren gespitzt, um kein Wort zu verpassen. Wenn es ein ideales Alter für Klatsch und Tratsch gibt, dann meins. Was gibt es Aufregenderes, als am Leben anderer teilzuhaben, wenn das eigene nicht mehr viel hergibt?

»Ich bin sicher, dass das Buch, das ich auf meinem Schreibtisch gefunden habe, von ihm ist.«

»Hast du ihn danach gefragt?«

»Nicht direkt. Aber als ich ihn fragte: ›Was hältst du von Buzzati?‹, hat er mir zugezwinkert und gesagt: ›Der Beste!‹ Das sollte bestimmt ein Hinweis sein.«

»Meiner Meinung nach hatte er ein Staubkorn im Auge. Diese vermeintliche Leidenschaft für Literatur, das nehme ich ihm einfach nicht ab. Wie diese Typen, die Zitate berühmter Leute auswendig lernen, um sie dann ganz nebenbei beim Essen mit Freunden fallen zu lassen.«

»Ach was, er liest eben viel.«

»Was macht er beruflich?«

»Er ist Arzt … Urologe.«

Emmas Blick spricht Bände.

»Okay, keine billigen Scherze über sein Arbeitsgebiet.«

Was Emmas Zweifel an Andrea und sein Geschwafel angeht, bin ich ganz ihrer Meinung, aber dass ein Arzt sich für Literatur interessiert, finde ich absolut nicht seltsam.

Die Liebe zu Büchern kann jeden treffen.

Seit meinem dreizehnten Lebensjahr arbeite ich. Ich habe meinen Eltern auf dem Feld geholfen, Obst auf dem Markt verkauft, Handschuhe genäht, Kamille in Säckchen gefüllt und im Vertrieb einer Firma für Industriemaschinen gearbeitet. Aber in meiner Freizeit waren Bücher meine ständigen Begleiter, ich habe nie nach Ausreden gesucht, warum es »unpassend« sei zu lesen, dass ich für irgendein Buch zu jung oder zu alt, zu müde oder zu nervös, zu anspruchsvoll oder überfordert wäre. Natürlich hatte ich mit manchen Büchern mehr Mühe als mit anderen, fand einige langweilig oder nichtssagend, aber nie kam mir der leiseste Zweifel, dass meine gesellschaftliche Position oder mein Schulabschluss mir ein Buch versagten.

Für Domenico galt dasselbe in Bezug auf Musik. Seine Gitarre war ihm so heilig wie seine Kinder, und trotz der von der Fließbandarbeit schwieligen Finger zupfte er die Saiten einfühlsam und zart. Erst in seinen letzten Lebensjahren fiel ihm das Gitarrespielen zunehmend schwer, seine zitternden Hände und die Schwerhörigkeit schränkten sein Spiel sehr ein. Er litt sehr darunter, zum Ausgleich hörte er jeden Morgen seine Lieblingsplatten, in voller Lautstärke, die Konflikte mit den Nachbarn in Kauf nehmend.

Eine Frau betritt den Laden und fragt nach ihrer Bestellung, Emma geht ins Lager, um nachzusehen.

Der Effekt des Artikels ebbt langsam wieder ab. Aber etliche, die aus Neugier gekommen waren, haben die Buchhandlung ins Herz geschlossen, und der Umsatz ist stark gestiegen. Aus neuen Kunden werden neue Leser, das ist ein bisschen, wie wenn man ein Geheimnis mit einem neuen Freund teilt.

Nina wirkt ausgeglichener, nicht nur, weil der neue »alte« Verehrer ihr wieder schmeichelnde SMS schickt. Sie glaubt wieder an sich und ihren lila Laden, trotz der Schulden und der Mahnungen der Bank. Schritt für Schritt scheint sich alles zum Besseren zu wenden, und ich sollte eigentlich glücklich sein und jeden meiner verbleibenden Tage hier auf Erden mit einem Lächeln begehen. Aber ich werde das Gefühl nicht los, dass der Frieden trügt. Ich ahne Unheil.

»Was ist eigentlich mit der Ehefrau?«, fragt Emma, als die Kundin den Laden wieder verlassen hat. »Ob du willst oder nicht, er ist verheiratet.«

»Ich weiß, ich weiß. Aber zwischen den beiden ist es vorbei, das hat er mir versichert. Das Feuer ist schon lange erloschen, aber erst durch mich ist ihm klar geworden, dass er so nicht weiterleben kann.«

»Dir ist schon klar, dass das alle fremdgehenden Ehemänner behaupten?«

»Natürlich weiß ich das. Was meinst du, wie viele Liebesromane ich schon gelesen habe? Er belügt seine Frau, um seine Affäre zu verbergen. Und er belügt seine Geliebte, indem er schwört, dass seine Ehe am Ende ist. Ich bin nicht so naiv zu glauben, dass dieser Fall eine Ausnahme ist.«

»Aber? Du wolltest doch noch etwas ergänzen, oder?«

»Ich habe dasselbe an mir erlebt. Erst als ich Andrea traf, wurde mir klar, dass es zwischen Filippo und mir aus ist.«

Guter Punkt, das muss ich zugeben. Gegenargumente fallen uns da keine ein, deshalb spricht Nina weiter.

»Ich sage ja nicht, dass ich keine Zweifel habe. Aber es wäre so viel einfacher, ihm zu glauben; ich hätte einfach gern einen Mann an meiner Seite. Allein zu sein fällt mir schwer.«

»Daran gewöhnt man sich …«, sagt Emma.

»Wirklich?«, frage ich mich, weil mir bewusst wird, dass ich seit Domenicos Tod nicht mehr gern nach Hause gehe. Ich glaube nicht, dass jeder Mensch dafür geschaffen ist, allein zu sein. Und wenn jemand nicht dafür geschaffen ist, wie in meinem Fall, kann es sehr schwerfallen, mit der Einsamkeit zurechtzukommen.

»Wer weiß, vielleicht gewöhne ich mich ja ans Alleinleben, oder ich finde doch noch meinen Traumpartner. Vielleicht auch nicht, dann ende ich einfach als alte Jungfer. ›Die einsame Buchhändlerin‹, das wäre ein guter Titel für einen Roman.«

Emma steht auf und nimmt sie in den Arm.

»Du wirst sehen, alles wird gut. Auch dieses Aufflackern mit Andrea wird vergehen. Es ist normal, dass man es noch mal versucht, bevor es endgültig zu Ende ist.«

»Findest du wirklich, dass ich ihn nicht mehr sehen sollte?«

»Nina, vertraust du ihm wirklich? Zu hundert Prozent? Willst du ernsthaft darauf warten, dass er die Beziehung zu seiner Frau klärt?«

»Was weiß ich? Wenn ich nur eine Antwort darauf hätte … Als er mit leuchtenden Augen vor der Buchhandlung stand, war ich von seiner Aufrichtigkeit überzeugt, aber sobald er weg war, kam das Misstrauen zurück.«

»Kein Wunder, dein Gehirn fing wieder an zu arbeiten! Vorher war es durch den Hormonstau blockiert.«

Zum Glück habe ich diese Hormonsache schon lange hinter mir.

»Ich gebe zu, er gefällt mir, und zwar sehr. Bei ihm spüre ich etwas, was ich mit Filippo nie erlebt habe. Und wenn ich egoistischer wäre, würde ich ihn benutzen und mir einfach nehmen, was ich brauche.«

»Eine Affäre, in der es nur um Sex geht? Du? Das nehme ich dir nicht ab.«

»Da hast du recht, entweder ganz oder gar nicht. Heimlichtuerei ist nicht mein Ding.«

»Darf ich dich an ›Gone Girl‹ erinnern? Da hast du dich furchtbar aufgeregt.«

»Stimmt, aber jetzt bin ich hin- und hergerissen. Genau wie Andrea gesagt hat, die Liebe hat uns einfach überwältigt …«

»Was?« Emma glaubt sich verhört zu haben. »Du denkst wirklich, dass das Liebe ist? Ist das dein Ernst?«

»Er gefällt mir eben.«

»Logisch, das liegt auf der Hand. Aber was, wenn du vorher gewusst hättest, dass er verheiratet ist? Und wenn du deine Beziehung mit Filippo wirklich hättest retten wollen?«

Nina schlägt die Augen nieder. Ich würde am liebsten Beifall klatschen, aber dann würden die beiden merken, dass ich lausche.

»Für jemanden, der Blumen verkauft, bist du eine verdammt gute Psychologin!« Nina versucht, amüsiert zu wirken. Aber ich bin fest davon überzeugt, dass Emma einen wunden Punkt getroffen hat. Hätte sie sich auf diesen Mann auch eingelassen, wenn sie von Anfang an gewusst hätte, dass er verheiratet ist?

Bestimmt nicht, so gut kenne ich sie. Dann hätte sie ihm nicht einmal ihre Telefonnummer gegeben.

Ein Mann um die fünfzig mit gestresstem Gesichtsausdruck und wenigen wirr abstehenden Haaren betritt den Laden und bleibt vor dem Schreibtisch stehen.

»Kann ich Ihnen helfen?«, fragt Nina lächelnd.

Er sieht sie unschlüssig an, dann schüttelt er den Kopf.

»Kann ich warten, bis meine Frau kommt?«, fragt er zögerlich.

Er muss wohl der Mann einer unserer Kundinnen sein, auch wenn er den Eindruck macht, als hätte er noch nie eine Buchhandlung betreten. Bei uns war er jedenfalls noch nicht.

»Aber natürlich«, antwortet Nina, die in jeder

Situation freundlich bleibt. Fast jeder. Emma sieht auf die Uhr und greift dann nach ihrer Jacke.

»Ich muss zurück. Danke für den Kaffee. Aber denk ja nicht, dass ich dich so davonkommen lasse. Ich hole dich heute Abend ab, und wir trinken ein Glas Wein zusammen, ja?«

»Einverstanden, aber erinnere mich daran, dass es bei einem Glas bleibt.«

Als Emma weg ist, versuche ich weiterzulesen. Nina wendet mir den Rücken zu und beginnt widerwillig, den Schreibtisch in Ordnung zu bringen.

»Können Sie mir einen Gefallen tun?«, fragt der Mann und geht forsch auf sie zu.

Nina schaut erschreckt auf.

Er hat eine Hand in der Jacke, als ob dort etwas versteckt sei. Eine Waffe? Ist das etwa ein Überfall? Ich könnte nicht einmal eingreifen. Während ich mir ausmale, was alles Schreckliches passieren könnte, muss ich an Ninas Mutter denken. Was, wenn sie doch recht hatte?

Nina weicht einen Schritt zurück, aber er folgt ihr. Starr vor Angst lasse ich das Buch fallen, das Geräusch lässt den Mann herumfahren. Nina nutzt die Gelegenheit, um sich ihr Handy zu schnappen. Sicherlich hat sie die Notrufnummer schon im Blick. Er holt langsam die Hand aus der Jacke.

»Wir haben diese hier gekauft«, sagt er und hält Nina drei schmale Taschenbücher hin, »als Geschenk für meine Schwester.«

Ich seufze erleichtert auf. Zum Glück nur einer der üblichen komischen Käuze.

»Aha«, sagt Nina und findet ihr Lächeln wieder, »haben sie ihr nicht gefallen?«

»Sie hat sie gar nicht gelesen. Meine Schwester ist tot.«

»Oh, das tut mir sehr leid.«

»Sie war krank. Kann ich die Bücher zurückgeben?«

»Ja, natürlich. Soll ich Ihnen einen Gutschein ausstellen?«

»Nein, ich will mein Geld zurück.«

Kurz und knapp, kein »Bitte«, kein »Es wäre sehr nett« oder »Wäre es möglich?«. Der fordernd ausgestreckte Arm, der unstete Blick. Nina überlegt einen Augenblick, und ich richte mich auf, um mir den Mann genauer anzusehen. Die Entwarnung war vorschnell, manchmal habe ich den Eindruck, dass unser Buchladen Psychopathen magisch anzieht. Ob das am Staub oder an der lila Wandfarbe liegt?

»Haben Sie noch Ihren Kassenbeleg?«, fragt Nina, die genau weiß, dass sie diese Bücher nicht verkauft hat.

Aber sie muss gute Miene zum bösen Spiel machen, der Kunde ist nun einmal König.

»Nein, meine Schwester ist tot. Glauben Sie, da denke ich an den Kassenbon?«

»Ich kann Sie gut verstehen, aber ich brauche einen Beleg. Ich bin hier nur die Angestellte. Wenn mein Chef erfährt, dass ich Bücher ohne Beleg zurückgenommen habe, bekomme ich Ärger.«

»Mit ihm ist nicht zu spaßen. Er ist sehr kräftig«, mache ich mich bemerkbar.

»Ich will nur mein Geld zurück, siebenunddreißig Euro.«

»Geben Sie mir doch den Namen Ihrer Frau. Vielleicht ist sie ja in der Kundenkartei registriert.«

»Machen wir dreißig«, beginnt er zu handeln.

Nina hat eine Idee. Sie greift nach dem Lesegerät und fährt über den Barcode der Bücher.

»Die Bücher haben Sie nicht hier gekauft, oder?«, fragt sie und nimmt den Telefonhörer in die Hand.

»Fünfundzwanzig sind auch okay«, der Mann wird nervös und versucht nicht mal zu leugnen.

»Ich kann Ihnen kein Geld für Ware auszahlen, die Sie nicht bei mir gekauft haben.« Sie klemmt sich den Hörer zwischen Ohr und Schulter und wählt eine Nummer.

Polizei, denkt der Mann bestimmt.

Psychiatrische Anstalt, hoffe ich.

»Zehn, wenigstens zehn!«

Nina schüttelt den Kopf, sie scheint auf die Antwort am anderen Ende zu warten. Einen Moment lang steht alles still. Die Ruhe vor dem Sturm. High Noon.

»Blöde Schlampe!«, brüllt der Mann und rennt aus dem Laden.

»Ciao, ich bin Nina aus dem Buchladen. Ich hätte gerne einen Veggieburger mit Seitan und Salat«, sagt sie ins Telefon, »und einen Smoothie, ja, wie immer.«

»Gut gemacht!«, rufe ich ihr aus meiner Ecke zu.

Sie antwortet nicht, denn gerade hat sie eine SMS bekommen. Selig lächelnd schwebt sie durch den Laden und versucht, sich etwas Originelles auszudenken. Dann lehnt sie sich gegen ein Regal neben dem Sessel und schickt ihre Antwort ab.

»Ach, Adele, ich weiß ja, dass du das nicht gutheißt!«, seufzt sie.

»Wenn du es wirklich willst, ist es in Ordnung. Es ist schließlich dein Leben. Du bist dreißig und für dich selbst verantwortlich.« Wie gerne hätte ich ihr das gesagt.

Aber sie schwebt auf Wolke sieben und hat mir gar nicht richtig zugehört.

Als sie wieder am Schreibtisch ist, stolpert sie, stößt gegen einen Papierstapel, er schwankt und stürzt schließlich um.

Sie stöhnt und beugt sich nach unten, um das Chaos wenigstens einigermaßen wieder in Ordnung zu bringen. Dabei stößt sie auf den geheimnisvollen Brief, den ich hatte verschwinden lassen wollen, dann aber doch wieder in den Stapel gesteckt hatte.

Sie betrachtet ihn neugierig und schlitzt ihn dann vorsichtig mit der Schere auf. Sie liest den zweiseitigen Brief, runzelt die Stirn, beißt sich auf die Lippen, zwischen ihren Augenbrauen entsteht eine kleine Falte. Schließlich seufzt sie tief auf, schüttelt den Kopf, setzt die Brille ab und massiert sich die Augenlider. Dann faltet sie den Brief zusammen und will ihn in den Umschlag zurückstecken, als ihr etwas auffällt. Da ist noch etwas.

Ich würde zu gerne wissen, was sie in dem braunen Umschlag entdeckt hat, halte mich aber zurück. Schließlich geht mich das ja nichts an.

Sie setzt sich vor den Computer.

»Wo habe ich es denn nur hin? Es war doch hier irgendwo«, murmelt sie, hebt die Tastatur hoch, rückt die Lampe zur Seite und verschiebt einige Bücher, die noch registriert werden müssen.

Ich stehe auf und schleiche mich näher, wie eine neugierige Katze.

»Da ist es ja!«, ruft sie nach langem Suchen und hält ein U-Bahn-Ticket hoch. Dann wählt sie die auf der Rückseite notierte Telefonnummer.

»Leonardo? Hier ist Nina aus der Buchhandlung.« Sie wartet die Antwort ab und sagt dann: »Hast du am Samstag Zeit?«

11

Im Sommer 1975 wollten Maria und Rosa ihren zwanzigsten Geburtstag mit ihren Freundinnen in der Nähe von Viareggio am Meer feiern.

Auf meinem Nachttisch lag die kartonierte Neuauflage von Hermann Hesses »Siddharta« neben der Lampe, der Haarbürste, dem Glas, das ich jeden Abend mit Wasser füllte, dem Rosenkranz, den mir meine Mutter vererbt hatte und der bei mir zwiespältige Gefühle auslöste, und meinen Perlenohrringen, die ich immer vor dem Zubettgehen ablegte. Ich wollte die freie Zeit in meinem Heimatdorf nutzen und mich in aller Ruhe dieser Erzählung widmen. Wie jedes Jahr im August, wenn die Fabriken, die Werkstätten und die Büros schlossen, rollte die Karawane der Süditaliener aus Mailand zurück in die Heimat, die Autos vollgepackt mit Geschenken für Mama, Papa, Schwestern, Brüder, Neffen und Nichten, die voller Ungeduld auf die Heimkehr der »Emigranten« warteten.

Wir hatten den Zwillingen versprochen, dass sie allein in den Urlaub fahren durften, wenn sie volljährig waren, das heißt mit einundzwanzig. Aber da gerade die Volljährigkeit per Gesetz auf achtzehn herabgesetzt worden war, hatten wir uns entschlossen, es ihnen jetzt schon zu erlauben.

Nach dem Prüfungsstress am Schuljahresende hatten mich die beiden von Boutique zu Boutique geschleppt, auf der Suche nach der perfekten Urlaubsgarderobe. Erstaunlich, wie sich die Mode gewandelt hatte.

»Vier Stoffstreifen zu diesem Preis? Das ist ja Wahnsinn!«, hatte ich gerufen, als sie wie hypnotisiert an einem Schaufenster klebten. »Könnt ihr nicht die geblümten Hängerchen anziehen, die ich euch letztes Jahr genäht habe, die waren doch so süß.«

»Du bist so was von altmodisch, Mama!«, hatte sich Maria beschwert. Und dabei war ich gerade mal vierzig. Für meine Töchter war ich schon ein Fossil.

»Mit diesen Säcken kann man vielleicht in Ginosa an den Strand gehen!«, hatte Rosa hinzugefügt.

Die beiden hatten die penetrante, aber typische Angewohnheit von Zwillingen, sich ihre Aussagen jeweils zu ergänzen und zu verstärken. »Aber wir fahren nach Viareggio, dort haben die Leute Geschmack. Dort machen wichtige Leute Urlaub.«

»Wichtige Leute« zu treffen, was auch immer das bedeuten sollte, war ihr Antrieb, morgens aufzustehen, ihr Lebensziel. Als junge Mädchen waren sie verträumt und voller Fantasie gewesen, aber mit der Pubertät hatten sich meine süßen Töchter in aufsässige Teenager und danach in berechnende Männerjägerinnen verwandelt.

»Das ist alles meine Schuld«, warf ich mir vor, wenn ich spätabends müde nach Hause kam und sie vor dem Plattenspieler klebten oder im Hof mit den Nachbarsmädchen tuschelten. »Ich hätte zu Hause bleiben und mich mehr um sie kümmern müssen, aber mir waren Wohlstand und Selbstverwirklichung wichtiger. Das habe ich jetzt davon.«

Schließlich kauften wir einige Meter Lycrastoff, und Domenico ließ ihnen von einer Schneiderin moderne Kleider nähen. Ich konnte mir gut vorstellen, wie sie mit wehenden Haaren über die Strandpromenade flanierten und absolut jeden jungen Mann anlächelten. Sie lebten schon damals in einer anderen Welt.

»›Liebe kann man erflehen, man kann sie kaufen, verschenken, sie zufällig auf der Straße finden, aber erpressen kann man sie nicht.‹ Diesen Satz hat er mit Marker unterstrichen, ist das nicht süß?«

Allein der Gedanke, dass man mit Marker in einem Buch herumschmiert, verursacht mir Schwindel. Gut, vielleicht eine zarte Welle mit einem Bleistift, um etwas besonders Wichtiges hervorzuheben. Aber ein Füller, ein Filzstift oder ein Textmarker, mit der Gefahr, dass auch andere Seiten in Mitleidenschaft gezogen werden könnten, das ist ein unerträglicher Gedanke.

»Wirklich süß. Aber es erstaunt mich, dass du Hesse nicht schon früher gelesen hast.« Nina räumt Bücher ins Regal und plaudert dabei mit Ilaria.

»Nur ›Narziss und Goldmund‹. Ist es nicht erstaunlich, dass Paolo immer ein Buch auswählt, das ich noch nicht gelesen habe? Wir ergänzen uns optimal«, seufzt sie beim Gedanken an ihren Verehrer.

Mich hat schon überrascht, dass der junge Mann überhaupt etwas gefunden hat. Ohne Ninas Hilfe wären die zart geknüpften Bande schnell wieder gerissen.

»Wann ist der große Tag? Bist du aufgeregt?« Nina steht auf der Leiter und versucht, einen dicken Wälzer in eine schmale Lücke zu quetschen.

»Er hätte mich gerne schon früher getroffen, aber ich hatte es nicht so eilig. Ich genieße das Geheimnisvolle, das Kribbeln und die persönlichen Widmungen. Das ist so ja romantisch!«

»Das verstehe ich gut. Heute muss alles immer so schnell gehen, da bleibt keine Zeit fürs Kennenlernen. Vor hundert Jahren mussten Liebespaare manchmal ein ganzes Jahr bis zum ersten Kuss warten. Und in der Zwischenzeit haben sie sich wunderbare Gedichte und romantische Briefe geschrieben.«

»Vor hundert Jahren wurdest du auch auf Schritt und Tritt beobachtet. Ohne die Anstandsdamen, die aufpassten, dass nicht geküsst wurde, wäre da schon viel mehr passiert!«, brumme ich. Ich bin unruhig, starre von meinem Sessel aus zum Schaufenster, als müsse gleich Godot vorbeikommen. Heute passiert etwas, da bin ich mir sicher.

»Und ich suche immer noch nach dem passenden Ort für unser Treffen«, erklärt Ilaria und fährt sich mit den Fingern durchs Haar, »unsere Geschichte ist so märchenhaft, da muss alles stimmen.«

»Auf der Terrasse zwischen den Türmen des Doms?«, schlägt Nina vor.

»Zu riskant. Vielleicht ist er nicht schwindelfrei?«

»In der Tram Linie 1? Ihr könntet an zwei verschiedenen Haltestellen einsteigen.«

»Und wenn sie überfüllt ist und er Platzangst bekommt?«

»Das Planetarium?«

»Nein! Wenn er sich vor der Dunkelheit fürchtet?«

»Na dann doch am besten gleich in der Notaufnahme«, spotte ich. Die beiden reagieren nicht, wahrscheinlich haben sie mich gar nicht gehört.

»Ihr könntet euch hier im Laden treffen!«, schlägt Nina nach einer Weile vor. »Nach Ladenschluss lasse ich euch ein Stündchen allein. Immerhin hat eure Beziehung hier begonnen.«

»Genial! Eine großartige Idee, du bist wunderbar!«, jubelt Ilaria und fällt ihr um den Hals. »Wie kann ich mich nur dafür revanchieren? Das alles habe ich nur dir zu verdanken.«

»Mir reicht schon, wenn ihr mir treu bleibt und auch weiterhin bei mir Bücher kauft, auch wenn ihr ein Paar seid.«

»Abgemacht. Vielleicht schon morgen Abend? Jetzt muss ich aber los, ich habe noch einen Haufen Arbeiten zu korrigieren. Im Moment machen mich meine Schüler schier wahnsinnig, na ja, es wird Frühling.«

Maria und Rosa wollten beide studieren, was Domenico und mich überrascht hat. Für uns war ein Universitätsstudium die größte Errungenschaft der Emanzipation, ein akademischer Abschluss unserer Töchter ein Herzensanliegen. Doch schlechte Noten und mangelnder Fleiß hatten uns unsere Hoffnung schon nach der Mittelstufe begraben lassen. Nur unsere Jüngste war eine sehr gute Schülerin, die Lehrer lobten sie und gaben mir das Gefühl, Angela das Beste vererbt zu haben, was ich zu bieten hatte: Ehrgeiz. Ihre Schwestern beschäftigten sich lieber mit Make-up und Frisuren, bummelten mit ihren Freundinnen durch die Stadt, gingen ins Kino. Doch nach der Mittelstufe kam der Sinneswandel. Ihnen war klar geworden, dass es so nicht weitergehen konnte. Sie schafften das Abitur und schrieben sich an der Fakultät für Sprachen ein.

Für den Tag der Immatrikulation hatte ich mir extra freigenommen, damit ich sie begleiten konnte. Als ich die Schwelle des Ca' Granda, des im siebzehnten Jahrhundert errichteten Hauptgebäudes der Mailänder Universität, überschritt, zitterten mir vor Aufregung die Beine. Wenn der geheimnisvolle Zauberer aus dem Morgenland nicht Aladin, sondern mich als seine Schülerin ausgewählt hätte, dann hätte ich mir von der Wunderlampe nicht Gold und Edelsteine gewünscht, sondern die Möglichkeit, an die Uni zu gehen, um zu studieren, zu lernen und zu lesen.

Damals besuchte ich die Abendschule, mit dem Ziel, das Abitur nachzuholen.

Als Mutter, Ehefrau und Arbeiterin wieder mit der Schule anzufangen war nicht leicht. Nach einem langen Arbeitstag, an dem ich unzählige Portionen Kräuter abgefüllt hatte, musste ich meine Bücher hervorholen und lernen. Aber ich war ehrgeizig, verzichtete auf Freizeit und Schlaf. Ich wollte den Abschluss mit Auszeichnung machen.

Alle unterstützten mich. Domenico, meine Arbeitskolleginnen, die Nachbarin, die abends für meine Töchter mit kochte. Mein Wunsch nach Bildung, nach einer vollwertigen Position in der Gesellschaft, entsprach auch für die anderen der Vorstellung von einer besseren Welt.

Ich erinnere mich noch gut an diesen Sommer 1975. Ich saß unter einem bunten Sonnenschirm, der im feinen Sandstrand steckte, und machte mir Notizen aus einem dicken Lehrbuch, als die kleine Angela vom Schwimmen kam und mir sagte, wie stolz sie auf mich war. Ich freute mich sehr über ihre Worte, und zugleich litt ich darunter, dass ich meine anderen beiden Töchter nicht genau so lieben konnte: die zwanzigjährigen Zwillinge, die sich unaufhaltsam von mir entfernten, wie abgebrochene Eisblöcke von einem schwimmenden Eisberg.

Jetzt stehe ich an der Tür und schaue auf die menschenleere Straße. Es ist früher Nachmittag. Die Kellner der Pizzeria gegenüber gehen nach Hause, sie haben frei, bis sie zum Abendessen wieder antreten müssen.

Was den Buchladen angeht, haben wir ein paar neue Stammkunden gewonnen. Es gibt zwar immer weniger Leser, aber die lesen dafür wesentlich mehr Bücher. Vor allem, wenn sie eine Buchhandlung gefunden haben, in der sie individuell beraten werden.

Nina hat ihren Buzzati mittlerweile zur Hälfte fertig gelesen.

Und zwar an ihrem Lieblingsort: in der Buchhandlung, inmitten ihrer geliebten Bücher.

»Dieses Buch kann ich nur hier lesen«, hat sie geantwortet, als ihre Mutter gefragt hatte, warum sie es nicht mit nach Hause nahm.

Hin und wieder blickt sie auf, verharrt einen Moment und denkt nach. Wahrscheinlich hat sie gerade einen besonders schönen Satz entdeckt.

Das Buch ist wirklich eine Rarität. Der eine oder

andere passionierte Leser hat es schon erspäht und gefragt, ob er es ausleihen dürfe. Doch Nina hat stets lächelnd abgelehnt, mit der Begründung, dass auch sie das Buch nur geliehen habe und sie es wieder zurückgeben müsse. Das ist natürlich nur eine Ausrede. Es geht ihr um etwas anderes: Das erste Mal in ihrem Leben als Buchhändlerin will sie ein Buch mit niemandem teilen. So hat sie es Emma erklärt.

Ich kenne dieses Gefühl gut. Mir ist es mit einigen Büchern ähnlich ergangen, und ich erinnere mich sehr gut an sie, obwohl mehrere Jahrzehnte seitdem vergangen sind. Es gibt diese ganz speziellen Romane, die dich fesseln, in dein Inneres dringen, die von dir handeln. Die nur deshalb geschrieben wurden, um dir etwas zu sagen, nur dir, auch wenn du sie vielleicht erst ein Jahrhundert nach ihrem Erscheinen liest. Die Geschichte von Piero Morselli in Buzzatis kaum bekanntem Meisterwerk ist so ein Buch.

Ich würde Nina gerne sagen, dass ich den Roman kenne, ihn gelesen habe, bevor ihn der kleine Verlag aus dem Programm genommen hatte. Ich würde ihr gerne sagen, dass ich das Gleiche erlebt habe wie sie. Aber ich halte mich zurück, weil sie mich dann vielleicht für aufdringlich hält. Ich lasse sie lieber in dem Glauben, sie sei die Einzige, die dieses große Abenteuer erlebt.

Meine Augen sind starr auf die Via Sannio gerichtet, und ich summe ein Lied, das mir Domenico einst beigebracht hat, als die Zwillinge schon ausgeflogen und wir allein mit unserer Lieblingstochter waren. »Buona notte, fiorellino« sang er mir bei Sonnenuntergang am Strand vor, wie ein verliebter Teenager.

Ein Motorengeräusch lässt mich aufschrecken, und Wehmut steigt in mir auf. Ich würde alles darum geben, Domenicos Lambretta noch einmal um die Ecke biegen zu sehen, und sei es nur für einen kurzen Augenblick.

»Störe ich?« Andrea betritt den Laden, geht achtlos an mir vorbei und stellt sich vor Ninas Schreibtisch auf.

Sie springt überrascht auf und fährt sich rasch mit den Fingern durchs Haar.

»Mein Gott, wie ich aussehe!«, denkt sie wahrscheinlich, während sie lächelnd auf ihn zugeht.

»Was machst du denn hier? Mit dir habe ich nicht gerechnet.«

»Ich war gerade in der Gegend und wollte dich überraschen. Ich hoffe, ich störe nicht?«

»Du tauchst doch immer einfach so auf, langsam sollte ich daran gewöhnt sein«, scherzt sie und neigt kokett den Kopf zur Seite. Ich schüttele nur den Kopf, was sowieso niemand bemerkt.

Nina liebt Überraschungen. Zum Glück. Ich bin das genaue Gegenteil. Wenn jemand unangemeldet vor der Tür stand, konnte mir das den ganzen Tag verderben.

»Warst du gerade sehr beschäftigt?«, fragt er und küsst sie auf die Wange.

Nach dem Kuss vor einigen Tagen ist Nina hin- und hergerissen. Soll sie ihm verzeihen? Oder doch lieber hart bleiben? Die beiden befinden sich in der heiklen Phase, in der die Weichen gestellt werden.

»Ich habe gelesen«, antwortet Nina, deutet auf den Roman und zwinkert ihm zu. »›Die ewige Unentschlossenheit‹.«

Er reagiert nicht, weiß nicht recht, was er sagen soll, aber sie lässt nicht locker.

»Buzzati«, fügt sie hinzu.

»Ah, wunderbar!«, antwortet er voller Enthusiasmus und deutet auf das Buch. »Ich habe das Titelbild nicht gleich erkannt, meine Ausgabe hat einen anderen Umschlag.«

Nina runzelt irritiert die Stirn, ich verschränke in gespannter Erwartung die Arme vor der Brust.

»Ach wirklich?«, fragt sie und mustert ihn mit

ihren großen Augen. Ich kann die Räder in ihrem Kopf förmlich knirschen hören.

Der Casanova erkennt jetzt, dass er einen Fehler gemacht hat und schweigt. Zu seinem Glück betritt gerade ein Paar die Buchhandlung und rettet ihn aus der Verlegenheit.

»Wir haben Bücher bestellt«, sagt der Mann, und Nina geht zum Abholregal.

Andrea geht zum Schaufenster und schaut hinaus, mich nimmt er gar nicht wahr. Dann zieht er sein Smartphone aus der Tasche, tippt etwas ein und beginnt zu lesen.

Wenn nur meine Augen noch besser wären! Dann könnte ich zumindest erahnen, um was es geht.

Ich muss an die Zwillinge denken. Maria und Rosa interessierten sich sehr für die neuesten technischen Geräte. Weniger aus wissenschaftlichem Interesse als aus Prestigegründen; es musste immer der größte Fernseher, das schnellste Auto, der leistungsstärkste Föhn sein.

Nach den Ferien am Meer überschütteten sie mich mit Geschichten über die wichtigen und reichen Leute, die sie dort kennengelernt hatten. Vor allem zwei junge Männer aus Varese hatten es ihnen angetan, die Söhne reicher Eltern, die ihr Vermögen in der Textilindustrie gemacht hatten. Sie konnten gar nicht aufhören, von diesen beiden Traumprinzen zu schwärmen, von ihren Motorbooten und Motorrädern und den vielen anderen wunderbaren Dingen, mit denen sie meine Töchter beeindruckt hatten, die Arbeiterkinder, deren einzige Schuld es war, nur in ihren Träumen reich zu sein. Es kam, wie es kommen musste: Sie verlobten sich mit den beiden, entschieden sich, ihr Studium abzubrechen und sich ganz auf ihre Karriere als Ehefrauen zu konzentrieren.

»Wo waren wir stehen geblieben? Ach ja, bei Buzzati ...« Andrea nimmt den Gesprächsfaden wieder auf, nachdem die Kunden den Laden verlassen haben. Ein charmantes Lächeln umspielt seine Lippen. »Ich habe nicht gleich geschaltet ... bei den vielen Klassikern, die ich schon gelesen habe. Es ist ja schon einige Jahre her, dass ich mich mit dem Autor beschäftigt habe. Aber ich will dir die Spannung nicht nehmen, du bist ja noch nicht fertig.«

»Aber ich bin schon zur Hälfte durch«, erwidert Nina. »Was hältst du von der Szene am See? Du verstehst bestimmt, wie ich mich gefühlt habe, als Piero Sandra verziehen hat. Hättest du das auch gemacht?«

»Ich? Aber selbstverständlich!«, antwortet er wie aus der Pistole geschossen.

»Wirklich?« Nina zögert. »Du hast doch gesagt, dein Verhältnis zu deiner Mutter sei so gut! Das passt für mich nicht zusammen.«

»Ähm, weil ... weil ich genauso bin wie dieser ...«

»Piero.«

»Ja, Piero.«

»Piero Morselli ...«

»Ja, ich bin wie Piero Morselli, ein guter Mensch.«

»Wenn Morselli für dich ein guter Mensch ist, dann frage ich mich, was jemand tun muss, damit du ihn für ein Arschloch hältst.« Leonardos Stimme unterbricht das peinliche Gespräch. Er hat, für alle unbemerkt, den Laden betreten.

»Wer bist du denn?« Andrea ist pikiert, dass ihn jemand unterbricht.

»Das ist Leonardo. Er unterstützt mich bei ... einer persönlichen Angelegenheit«, versucht Nina zu vermitteln.

»Tut mir leid, dass ich mich eingemischt habe, aber wenn es um die Figuren aus meinen Lieblingsbüchern geht, kann ich mich nicht zurückhalten.«

Nina mustert ihn eindringlich, genau wie vor ein paar Tagen, als sie ihn hat spielen hören.

»Du kennst das Buch?«, fragt sie.

»Ja. Und ich bin fest davon überzeugt, dass es nur für mich geschrieben wurde«, antwortet er und schaut ihr dabei tief in die Augen.

»Du hast zu tun, dann verschwinde ich lieber«, schmollt Andrea, wie ein Kind, das beleidigt ist, weil es nicht mehr im Mittelpunkt steht.

»Bleib nur, ich hole bloß einen Schlüssel und bin gleich wieder weg«, sagt Leo.

»Mit dir habe ich nicht gesprochen.« Andrea scheint in seiner Männerehre gekränkt.

Ich genieße die Szene von meinem Sessel aus. In Gegenwart eines Konkurrenten büßt Andrea schnell seine Selbstsicherheit ein. Wenn er so weitermacht, wird selbst Nina merken, dass er ein Blindgänger ist.

»Entspann dich, ich komme in friedlicher Absicht.«

»Willst du mich verarschen?«

»Was hat der denn für ein Problem?«, fragt Leo an Nina gewandt. Allmählich wird es ihm zu bunt.

Ich würde mich nicht wundern, wenn Ninas heimlicher Geliebter auf die Idee käme, in eine Ladenecke zu pinkeln, um sein Revier zu markieren.

»Andrea, er hat recht. Meinst du nicht, dass du

übertreibst?«, fragt Nina leise und stellt sich zwischen die beiden.

»Was? Du verteidigst ihn auch noch?«

Die Situation entwickelt sich zur Farce. Obwohl ich schon viel erlebt habe, bin ich immer wieder überrascht von der Geschwindigkeit, mit der das Testosteron Männer in Idioten verwandelt.

»Ich verteidige ihn doch nicht. Warum auch? Er hat ja gar nichts getan!« Nina scheint nicht zu begreifen, wo das Problem liegt.

»Schon gut. Es war ein Fehler vorbeizukommen. Man sieht sich.« Andrea wendet sich brüsk ab und geht zur Tür.

Einen Moment lang fürchte ich, sie würde ihm nachlaufen, aber sie blickt ihm nur kopfschüttelnd hinterher.

»Als deine Freundin mir erzählt hat, dass du eine ganze Menge Bekloppte als Kunden hast, dachte ich, sie übertreibt«, sagt Leo lachend und fährt sich mit den Fingern durchs Haar, eine Geste, die mich sehr an Domenico erinnert.

»Wer hat dir das erzählt? Und sprich nicht so über Andrea!«

»Entschuldige, ich wollte deinen Andrea nicht beleidigen«, sagt er mit spöttischem Unterton. »Deine Freundin Emma war vor Kurzem in der Bar, und nach dem Konzert haben wir ein bisschen geplaudert. Sie ist übrigens viel netter als du.«

Er lächelt breit, und es ist offensichtlich, dass er nur Spaß macht, aber sie wird rot, ballt die Hände zu Fäusten und schreit: »Verschwinde einfach!« Dabei deutet sie auf die Tür.

»Aber ... ist das dein Ernst? Das sollte ein Scherz sein«, versucht er einzulenken.

»Raus!«

»Entschuldige, ich wollte wirklich nur die Schlüssel holen, mehr nicht.«

Nina geht zum Schreibtisch und gibt ihm den braunen Umschlag, dann deutet sie erneut auf die Tür.

»Jetzt kannst du gehen.«

Leonardo schüttelt ungläubig den Kopf, dann lächelt er wieder.

»Nina, was bist du nur für eine seltsame Frau!«, sagt er, bevor er sich umdreht und zur Tür geht.

»Ich jedenfalls hätte Sandra niemals verziehen«, fügt er noch hinzu. Und einen Augenblick später ist er schon von der Bildfläche verschwunden.

12

»Und seitdem hat er sich nicht mehr gemeldet?«

»Nein, gestern Abend habe ich ihm einen lächelnden Smiley geschickt, um die Lage zu sondieren, aber er hat nicht geantwortet.« Nina seufzt, als sie Emma von der Szene am gestrigen Nachmittag erzählt.

Sie sitzen auf der Treppenstufe. Hin und wieder kommt ein Kunde herein oder ein Bekannter grüßt. Ich bin im Laden und lehne an der Scheibe, um ja nichts zu verpassen. Auf der Straße eilen Berufstätige, Studenten, Rentner und Tagediebe vorbei, als wären sie zum wichtigsten Termin ihres Lebens unterwegs.

»Du musst zugeben, dass es ein starkes Stück ist, sich so aufzuführen.«

»Ich bin nicht gerade eine Expertin, was Männer betrifft, das weißt du, Romanhelden mal ausgenommen. Aber ich hatte fast den Eindruck, er sei eifersüchtig.« Nina scheint der Gedanke zu gefallen, dass der Ehebrecher Besitzansprüche auf sie erhebt.

»Ich kann ihn gut verstehen. Leo sieht gut aus, ist ein interessanter Typ ...«

»Red keinen Unsinn! Interessant? Der? Er ist doch nur ein aufgeblasener Angeber, der sich für einen Halbgott hält, nur weil er ein paar Liedchen trällert und auf der Gitarre klimpert. Und dann dieser selbstgefällige Gesichtsausdruck! Der Typ ist so was von eingebildet ...«

Emma wirft Nina einen amüsierten Blick zu.

»Für jemanden, der dich gar nicht interessiert, hast du aber eine ziemlich ausgeprägte Meinung über ihn. Findest du nicht, dass du ihm unrecht tust?«, fragt sie und tätschelt ihr die Schulter. »Im Grunde hat er sich immer sehr gut benommen. Außerdem scheint er deinen Buzzati wesentlich besser zu kennen als Andrea ...«

Ninas Wangen glühen. Natürlich lässt dieser Leonardo sie nicht kalt, ganz im Gegenteil, auch wenn sie sich gegen das Gefühl sperrt.

Dass es zwischen den beiden knistert, ist mir auch schon aufgefallen, auch wenn ich nicht mehr so gut höre und sehe.

»Meinst du immer noch, ich sollte am Samstag ein Geburtstagsfest machen? Mir ist dieses Jahr so gar nicht nach Feiern zumute«, wechselt Nina geschickt das Thema.

»Dann erst recht!« Emma kann es gar nicht erwarten, den Laden in eine Tanzfläche zu verwandeln; die Party war ihre Idee. »Aber mach dir keine Sorgen, es kommen nur ein paar enge Freunde. Der Laden läuft gut, du hast deine Freiheit wiedergefunden, Anlässe gibt es genug. Außerdem bist du endlich diesen Langweiler von Filippo und diesen selbstverliebten Andrea los. Hoffe ich wenigstens.«

»Da bin ich mir nicht so sicher«, wehrt Nina ab und spielt mit einer Haarsträhne. »Gestern war er ein bisschen schroff, da hast du recht, aber am Abend vorher war er so lieb am Telefon. Er sagte, er sei endlich bereit, seiner Frau alles zu erzählen. Vielleicht ist es ihm wirklich ernst.«

Ich habe aufgegeben, sie von dieser fixen Idee abzubringen. Sie würde ohnehin nicht auf mich hören. Vielleicht hat sie Angst vor dem Alleinsein oder will sich nicht eingestehen, dass es ein Fehler war, ihm zu vertrauen, wie auch immer, sie weigert sich standhaft, der Realität ins Auge zu sehen. Wenn sie glaubt, dass Andrea in sie verliebt ist, dann kann sie nichts und niemand davon abbringen.

Und eines ist sicher: Es geht mich nichts an. Man kann Ratschläge geben, hoffen, dass alles gut geht, Unterstützung anbieten, wenn jemand leidet, aber man sollte niemanden bevormunden. Jede Liebe ist einzigartig und anders, und nur die Betroffenen verstehen, was wirklich passiert.

In den letzten Tagen habe ich die Geschichte aus der Distanz verfolgt, Daumen gedrückt, aber keine Meinung geäußert oder gar ein Urteil gefällt. Ich bin sicher, dass Nina die richtige Entscheidung treffen wird, wenn sie so weit ist. Obwohl ich wochenlang geglaubt habe, dass sie meine Unterstützung braucht. Aber ist es nicht vielleicht umgekehrt?

»Nina, ich bin deine Freundin, und ich wünsche dir von Herzen alles Gute. Wenn du wirklich glaubst, dass Andrea sich von seiner Frau trennt, um mit dir zusammen sein zu können, hast du natürlich meinen Segen. Aber ich will ehrlich sein: Ich traue dem Kerl nicht. Irgendetwas an ihm ist nicht echt. Pass auf dich auf!«, höre ich Emma sagen.

»Das klingt ja gerade so, als schlittere ich in eine Katastrophe.«

»Liebeskummer ist schlimmer als so manche Krankheit, vergiss das nicht«, erwidert Emma.

Ich erinnere mich noch gut an Angelas bittere

Tränen, an die melancholische Musik, die aus ihrem Zimmer drang, in das sie sich eingeschlossen hatte. Damals, als sie ihren ersten Liebeskummer hatte.

Nach Jahren politischer Proteste und gewaltsamer Auseinandersetzungen hatte Mailand jetzt plötzlich ganz andere Dinge im Kopf: schicke Klamotten, Fast Food und Selbstdarstellung.

Sorglosigkeit war die Devise der jungen Leute, die solariumgebräunt und mit Daunenjacken, teuren Gürteln und weißen Hosen ausgestattet nach der Leichtigkeit des Seins suchten.

Private Fernsehsender, allgegenwärtige Werbung, Flitter und Glimmer, toupierte Haare, bunte Lidschatten: Die Fokussierung auf Äußerlichkeiten bewirkte bei mir, dass ich mir überflüssig und altmodisch vorkam.

Angela studierte sehr erfolgreich Medizin und wohnte noch zu Hause, in der geräumigen, lichtdurchfluteten Wohnung, die wir uns nach jahrzehntelanger harter Arbeit endlich hatten leisten können. Die Zwillinge kamen jeden Sonntag vorbei, führten ihre Pelze, Goldohrringe, Kaschmirpullis und Designerschals vor und schwärmten von den mondänen Partys, vom Skiurlaub in Courmayeur, den Sommerferien in Marina di Pietrasanta und von ihrem Luxusleben als Ehefrauen, die den ganzen Nachmittag perfekt gestylt und maniküert bei ihrer Lieblingssoap vor dem Fernseher saßen. Unter der Woche riefen sie nur selten an, und wenn, meist um sich bei mir, Domenico oder Angela über etwas zu beschweren.

Angela nahm ihnen das nicht übel. Sie liebte ihre großen Schwestern, versäumte keine Gelegenheit, sie zu sehen, und machte ihnen dann Komplimente über ihr tolles Aussehen.

Ich bin überzeugt, dass Maria und Rosa eifersüchtig auf Angela waren und uns insgeheim vorgeworfen haben, unser Nesthäkchen zu bevorzugen. Das hatten wir nicht gewollt, aber manchmal geht die Liebe ihre eigenen Wege.

»Entschuldige, ich weiß, dass ich deine Geduld strapaziere, aber ich brauche deinen Rat. Was meinst du zu der Idee, ihn mit einem Gläschen Champagner zu empfangen?«, fragt Ilaria und hält Nina eine Flasche unter die Nase.

Emma ist schon gegangen, und die beiden besprechen ausführlich den Ablauf des romantischen Abends, an dem die rothaarige Leserin endlich ihren geheimnisvollen Märchenprinzen treffen wird.

»Holla, du hast ja wirklich an alles gedacht!«, antwortet Nina. »Ich fürchte nur, ich habe keine passenden Gläser.«

»Ach, mach dir darüber keine Sorgen, ich habe mir in der Bar welche ausgeliehen. Und auch einen Kübel mit Eis, um den Champagner kühl zu halten. Wenn du ein Plätzchen freiräumst, kann ich alles hier auf deinem Schreibtisch anrichten«, sagt sie und versucht Ordnung zu machen.

»Nichts anfassen, bitte!«, ruft Nina. »Ich räume später auf. Ich habe da meine eigene Ordnung, und wenn da jemand dazwischenfunkt, finde ich nichts mehr ...«

Ich registriere zufrieden in meiner Ecke, dass ich offensichtlich nicht die Einzige bin, die nichts anrühren darf.

»Ich weiß nicht, wie ich dir danken soll, Nina ... Meine Aufregung kommt dir vielleicht lächerlich vor, aber die Sache ist wirklich wichtig für mich. Ich spüre positive Energie. Das wird der Anfang einer wunderbaren Liebesgeschichte, davon bin ich überzeugt.«

Ilarias Augen glänzen, und ich spüre so etwas wie Neid in mir aufsteigen. Es muss schön sein, noch an Märchen zu glauben.

»Ich freue mich, wenn ich dir helfen kann, das lenkt mich ab. Wie gerne würde ich auch wieder an die große Liebe glauben, daran, dass alle glücklich werden, bis ans Ende ihrer Tage ...«

»Was sagt eigentlich dein Horoskop für heute?«, fragt Ilaria.

Nina seufzt und spielt mit ihrer Halskette.

»Dass ich endlich Antworten bekommen werde.«

Der Junge, der das Herz meiner Tochter erobert hatte, hieß Carlo. Er sah gut aus, war wohlerzogen und freundlich. Sie hatten sich im ersten Jahr des Medizinstudiums kennengelernt und sich von Anfang an gemocht. Er lebte in einer chaotischen Wohngemeinschaft am Corso Italia und brachte Angela nach den Vorlesungen des Öfteren nach Hause und blieb zum Abendessen, glücklich, etwas Vernünftiges in den Magen zu bekommen statt der ewigen Spaghetti in seinem WG-Zimmer.

Ich sah die beiden gerne zusammen, sie waren so motiviert, so wissbegierig, so klug, ganz anders als ihre Altersgenossen, die jeden Abend durch die Kneipen zogen.

Beide waren in der Studentenselbstverwaltung aktiv, hatten große Träume und Vertrauen in die Zukunft. Für ihr Alter waren sie erstaunlich reif, obwohl Reife schon seit einiger Zeit außer Mode war.

Eines Abends beim Abwasch, im Hintergrund

lief ein Konzert im Fernsehen, gestand mir Angela, dass sie sich verliebt hatte.

Mit Gummihandschuhen an den Händen umarmte ich sie und freute mich mit ihr. Meine sensible und introvertierte Tochter, die bisher bis auf ein paar harmlose Flirts mit Klassenkameraden eher eine Einzelgängerin war, war endlich im wahren Leben angekommen.

Denn wie viele Hochbegabte war sie unsicher, anspruchsvoll und überkritisch, besonders sich selbst gegenüber.

Carlo hatte es geschafft, sich einen Platz in ihrem Herzen zu erobern, und sie schienen glücklich miteinander zu sein. Sie gingen ins Kino, hörten Musik, lernten gemeinsam, tauschten Bücher aus, diskutierten leidenschaftlich, gingen stundenlang Hand in Hand spazieren, und wenn er sie nach Hause brachte, drückten sie sich in eine dunkle Ecke neben dem Hauseingang und tauschten Küsse und Versprechungen aus.

»Sobald die Bücher da sind, benachrichtige ich euch, es dürfte nur zwei bis drei Tage dauern.«

Nina bringt die drei Mädchen, die nach der Schule vorbeigekommen sind, um Bücher zu bestellen, zur Tür; dann sind wir wieder allein. Ich bin froh, dass der Laden so gut läuft, aber ich vermisse auch unsere gemütlichen Nachmittage, an denen wir ihn ganz für uns hatten. Wenn das jetzt vorkommt, schweigen wir und hängen unseren Gedanken nach, dabei hören wir leise Musik aus dem altmodischen Radio. Diese Atmosphäre liebe ich. Nina liest ihren Buzzati, und ich blättere in mehreren Büchern, ohne dass mich eines davon so fesselt, dass es mich von meinen Gedanken ablenken würde.

Ich habe immer mehr den Eindruck, hier fehl am Platz zu sein. Nicht weil ich mich nicht willkommen fühlte oder weil irgendetwas Ungutes vorgefallen wäre, sondern weil ich immer deutlicher spüre, dass ich meinem Schicksal nicht entfliehen kann und nach Hause zurückkehren muss.

»Bist du Nina?«

Eine attraktive junge Frau mit langen blonden Haaren, die von einer riesigen Sonnenbrille aus der Stirn gehalten werden, betritt den Laden. Sie trägt schwindelerregend hohe High Heels.

»Die bin ich. Wie kann ich helfen?« Nina lächelt, steckt ein Lesezeichen zwischen die Seiten ihres Buches und legt es beiseite.

Die Blonde sieht sich im Laden um, bis ihr Blick schließlich auf Nina haften bleibt.

»Hör mal gut zu«, sagt sie, und der Ton verheißt nichts Gutes, »das ist eigentlich nicht meine Art, aber jetzt kann ich nicht anders. Du zwingst mich dazu.«

Sie stemmt die Hände in die Hüften, ihre Augen funkeln. Ich blicke zu Nina, um zu sehen, ob sie sich der Gefahr bewusst ist, aber offensichtlich ahnt sie nicht, was da auf sie zukommt.

»Was meinst du damit? Wovon sprichst du eigentlich?« Nina steht auf und runzelt die Stirn.

»Als er gestern nach Hause kam, war er schlecht gelaunt und gereizt. Ich dachte, es hätte mit der Arbeit zu tun, und habe vorgeschlagen, durch den Park zu laufen, damit er den Kopf frei bekommt. Aber er wollte nicht. Komisch, dachte ich, da muss etwas Schlimmes passiert sein.«

Wir hören zu und warten ab, irgendwann muss sie auf den Punkt kommen und sagen, warum sie uns das alles erzählt. Wir kennen sie ja gar nicht.

»Als er abends sogar seinen Freunden abgesagt hat, mit denen er das Fußballspiel anschauen wollte, wurde mir klar, dass es wirklich dramatisch sein muss, und bin in die Offensive gegangen. Er meinte, ich solle mir keine Sorgen machen, es sei alles in Ordnung. Dann hat er eine SMS bekommen. Das Handy lag vor uns auf dem Tisch, ich griff danach, um es ihm zu geben. Dabei schaute ich auf das Display. Und was habe ich entdeckt?«

Sie hält inne und starrt Nina herausfordernd an.

»Fragst du mich das?«

»Ich habe entdeckt, dass ihn eine Stalkerin verfolgt, eine Verrückte, die ihn seit Wochen mit SMS, Mails und Anrufen tyrannisiert. Eine arme Irre, die glaubt, er habe Interesse an ihr. Dabei verbindet die beiden nichts, rein gar nichts.«

Nina richtet sich auf, selbst von meinem Sessel aus glaube ich, ihr Herz pochen zu hören.

»Wer bist du?«, fragt sie die Blondine, die sich herausfordernd in der Ladenmitte aufgebaut hat, bereit zum Duell.

»Ich bin die Frau jenes Mannes, den du arme Irre verfolgst. Das ist Psychoterror. Du hast keine Chance, er ist verheiratet, er will dich nicht, verstehst du? Hör auf damit, sonst wird das Ganze noch ein böses Ende nehmen.«

»Du bist Andreas Frau?« Ich kann aus Ninas Stimme nicht heraushören, ob sie überrascht, wütend oder erschüttert ist. Damit hat sie jedenfalls nicht gerechnet. Und auch nicht damit, dass Andrea seiner Frau eine so haarsträubende Story erzählt hat.

Endlich ist die Maske gefallen, endlich muss meine junge Freundin die Wahrheit anerkennen. Er ist noch fieser als gedacht.

»Ich bin seine Frau, allerdings, und ich bin hier, um dich zu warnen. Ich sage es dir ein letztes Mal: Lass die Finger von ihm!«

»Weiß er, dass du hier bist?«, fragt Nina, die aussieht, als würde sie gleich loslachen, wenn sie nicht gleichzeitig mit den Tränen der Wut kämpfen müsste, die ihr in den Augen stehen. Und diesem Lügenbold wollte sie verzeihen!

»Das geht dich nichts an! Alles, was mit Andrea zu tun hat, ist für dich tabu. Haben wir uns verstanden?«

Nina ist wie erstarrt, es hat ihr die Sprache verschlagen. Sie hat nicht mal die Kraft, diese Furie aus dem Laden zu werfen.

Ich kann mir vorstellen, was Nina an dieser tristen Farce am meisten schmerzt. Nicht seine Feigheit, weder ihr noch seiner Frau die Wahrheit zu sagen, sondern die Erkenntnis, dass sie gleich zweimal auf diesen notorischen Lügner reingefallen ist und Gefühle, Tränen und Zuneigung an jemanden verschwendet hat, der es nicht verdient hat.

Angela war eines Abends tränenüberströmt nach Hause gekommen, sie schluchzte so sehr, dass sie nicht einmal sprechen konnte. Ich bereitete gerade das Abendessen, während Domenico auf dem Sofa saß und die Zeitung las.

»Ich habe ihn mit einer anderen gesehen!«, stammelte sie, nachdem sie sich etwas beruhigt hatte. »In der Via Festa del Perdono, vor der Uni. Sie gingen Arm in Arm, sie strahlten sich an, und dann hat er sie auf den Mund geküsst. Ich dachte, ich sterbe.«

Seit einigen Wochen hatte er angefangen, über Freiheit und neue Erfahrungen zu sprechen, über Reisen und seinen Wunsch, die Welt zu sehen. Er wirkte abwesend und kam immer seltener zu uns zum Essen. Wir dachten, das läge am Prüfungsstress. Angela hatte die Signale nicht sehen wollen. Womöglich hatte sie etwas geahnt, aber die Augen davor verschlossen. Er entglitt ihr wie Sand.

»Er liebt mich nicht mehr«, seufzte sie und kuschelte sich in meine Arme, die Augen vom Weinen geschwollen. Domenico stand auf der Türschwelle und wusste nicht recht, was er sagen sollte. Er war ein sensibler, scheuer Mann, der mit den Gefühlen der anderen nicht gut umgehen konnte.

»Bist du sicher? Kann das nicht nur ein harmloser Flirt sein? Oder ein Missverständnis?«, versuchte ich etwas hilflos, sie zu trösten.

»Ich hätte es wissen müssen, er war so anders, seit Monaten schon.« Sie zerknüllte das Taschentuch in ihrer Hand, die Wimperntusche war völlig verschmiert. »Aber ich wollte ihn nicht verlieren, dazu war ich nicht bereit. Deshalb bin ich ausgewichen, wenn er mit mir reden wollte. Ich liebe ihn doch. Ist das nicht grausam? Wenn du noch Gefühle für einen Menschen hast, er aber nicht mehr für dich? Wenn man immer noch hofft, obwohl alles verloren ist?«

Ich nahm sie noch fester in den Arm, um ihr zu zeigen, dass ich mit ihr litt.

»Du hast recht, das ist grausam, Angelina, grausam und gemein, wenn eine Liebe zu Ende geht, man es aber nicht wahrhaben will.«

Alles hat ein Ende, auch wenn man glaubt, es sei für immer. Die Jugend, die Liebe, das Leben selbst. Irgendwann ist alles zu Ende, unwiderruflich. Und wenn es dir bewusst wird, wenn du es nicht mehr leugnen kannst, dann kannst du nur noch versuchen, die schönen Erinnerungen zu behalten, nur die, und mit ihrer Hilfe weiterleben.

Die beiden Frauen mustern sich noch einen Moment mit zusammengekniffenen Lippen. Die Blondine will noch etwas sagen, als Karim hereinplatzt.

»Ciao, Habibi, was ist denn hier los?«, fragt er überrascht, als sie wütend aus dem Laden stöckelt. »Kein Lächeln heute?«

Nina setzt die Brille ab und massiert sich die Augen.

»Heute nicht, Karim. Heute gibt's absolut keinen Grund zum Lächeln.«

13

Domenico war ein begeisterter Ken-Follett-Leser.

Es war eine späte Leidenschaft, sie begann erst, als er in Rente gegangen war und sich neuen Interessen zugewandt hatte. Er klimperte noch ein bisschen auf der Gitarre, doch mit seinen steifen Fingern traf er die Töne nicht mehr, er spielte nur noch zu Hause, wenn wir abends zusammen im Wohnzimmer saßen, und er sang auch nicht mehr. Nach dem Tod unserer jüngsten Tochter bedeuteten ihm die Lieder nichts mehr, sagte er. Und davon wich er auch nicht ab. Auch die Versuche seiner Freunde, ihn im Urlaub zu animieren, *Azzurro* oder O *surdato 'nnammurato* oder den Evergreen *Piccolo grande amore* zu singen, waren vergebens. Auf seine große Leidenschaft zu verzichten, nie mehr zu singen, war sein Tribut an den Schmerz.

Ohne die Arbeit schienen ihm die Tage endlos. Anfangs hatte er noch manchmal seine alten Kollegen in der Schneiderwerkstatt besucht, die mittlerweile für viele große Modelabels arbeiteten. Doch bald wurde ihm bewusst, dass er sich in ihrer Gegenwart, wenn sie hetzten und unter Druck nähten, nur noch nutzloser fühlte.

Ich schlug ihm vor, mir ein bisschen im Haushalt zu helfen. Um sich nützlich zu machen, begann er die Regale im Flur abzustauben, wo sich über die Jahre Hunderte von Büchern angesammelt hatten. Dabei stieß er auf Ken Folletts »Die Nadel«, las den Klappentext, legte den Staublappen zur Seite und begann zu lesen.

Danach nahm er sich die anderen Bücher dieses Autors vor, eins nach dem anderen. Tag für Tag saßen wir stundenlang in unserem hellen Wohnzimmer und lasen, während der Kater Foscolo zu unseren Füßen zusammengerollt in seinem Körbchen lag. Ich las nacheinander Austen und Vassalli, Eco und Orwell, Maraini und Murakami. Er war von Follett fasziniert, hin und wieder griff er zu einem Roman von Chandler, Ellroy oder Camilleri.

Als man die Krankheit bei ihm diagnostizierte, hatte er gerade »Sturz der Titanen« beendet. Jeden

Morgen ging er in den Park, das dicke Buch unter den Arm geklemmt.

»Ich werde auch den nächsten Band noch lesen«, hatte er zuversichtlich im Wartezimmer gesagt und mir aufmunternd über die Hand gestreichelt, mit der ich mich nervös an seinen Arm klammerte. »Du wirst sehen, ich werde es auslesen!«

Und so war es auch. Er las »Winter der Welt«, bedächtig, mit vielen Pausen, meist im Bett oder auf seinem neuen verstellbaren Sessel, den sich die Zwillinge einiges hatten kosten lassen und in dem er den Großteil des Tages verbrachte.

»Die Kinder der Freiheit« hingegen lag monatelang eingeschweißt auf seinem Nachttisch.

»Willst du denn den dritten Band nicht lesen?«, hatte ich eines Tages gefragt, als er wieder einmal mit leeren Augen aus dem Fenster starrte, kraftlos.

»Ich habe Angst, dass ich es nicht bis zum Ende schaffe, deshalb fange ich lieber gar nicht an«, hatte er geantwortet.

Da verstand ich. Ich begriff, was es für ihn bedeutete, ein geliebtes Buch anzufangen, aber nicht mehr beenden zu können. Er hätte fast noch ein Jahr dafür gehabt, aber das wusste er damals nicht, und deshalb verzichtete er lieber gleich.

In der Entscheidung, sich dem Schicksal zu ergeben und nichts unerledigt zu lassen, um ohne Bedauern zu gehen, erkenne ich den Ausdruck seiner großen Liebe zum Leben. Er klammerte sich nicht an die vergebliche Hoffnung, noch eine Minute mehr herauszuschinden, sondern akzeptierte, was er gehabt hatte: das Schöne und das Schlimme, das Glück und den Schmerz. Von allem genug.

Ich bin nicht so mutig wie er, bin es nie gewesen, auch wenn ich Schwierigkeiten meist mit großem Elan angegangen bin. Aber der Wunsch, das Richtige zu tun, lässt mich oft über das Ziel hinausschießen. Das Leben einfach zu nehmen, wie es ist, das Schicksal zu akzeptieren, das ist mir nicht gegeben. Ich will noch so viel lesen, lange Tage und Nächte vor mir haben, zusehen, wie die Welt sich verändert. Ich will die Gewissheit haben, dass Nina glücklich wird. Ich will noch erleben, wie sich meine Stadt entwickelt, die nach vielen düsteren Jahren ihr Grau verliert und wieder Farbe bekommt. Es herrscht Aufbruchsstimmung, endlich.

»Und sie lebten glücklich und zufrieden bis ans Ende ihrer Tage …? Das passt jetzt nicht mehr so ganz, was?« Emma gibt Ilaria einen rosa Luftballon, den sie an der Wand befestigen soll.

»Reden wir nicht mehr darüber. Eigentlich hätte es doch die perfekte Liebesgeschichte sein können, oder etwa nicht?« Die Rothaarige seufzt und versucht, ein Stück Tesafilm abzureißen, um den Ballon damit an die Wand zu kleben.

»Es hatte auf jeden Fall superromantisch begonnen: die Bücher, die Widmungen, die unterstrichenen Passagen. Der reinste Liebesroman. Etwas zu perfekt ...«, meint Emma.

»Einmal im Leben hätte doch auch etwas perfekt sein können«, seufzt Ilaria.

»Aber so schlimm kann es doch gar nicht gewesen sein. Ihr wart nicht einmal eine Stunde zusammen.« Nina kommt hinzu, sie hat ein Paket mit Gebäck aus der Konditorei geholt und stellt es auf den Schreibtisch, der zum ersten Mal, seitdem ich die Buchhandlung kenne, aufgeräumt ist. Wenn ich eines von diesen ultramodernen Telefonen hätte, dann würde ich jetzt ein Foto machen und diesen Moment für die Ewigkeit festhalten.

»Exakt fünfunddreißig Minuten«, korrigiert sie Ilaria, »danach bin ich spazieren gegangen, um den Kopf wieder freizubekommen, bevor ich dir den Schlüssel zurückgebracht habe.«

»Hat er etwas Falsches gesagt?«, will Emma wissen, die weitere Luftballons aufbläst und Girlanden aufhängt. Wen sie wohl alles eingeladen hat?

Ich habe den Verdacht, dass es sehr viele sind, zu viele. Allein der Gedanke, was diese Menschen den Büchern alles antun könnten, mit ihren randvollen Gläsern und den vollgeladenen Tellern, die sie womöglich darauf abstellen! Vielleicht sollte ich vorsorglich einen oder mehrere Grappa trinken, damit ich auf meinem Sessel vor mich hin dösen kann und mich nicht aufregen muss.

»Ich weiß gar nicht, wo ich anfangen soll. Alles, was er getan und gesagt hat, war schrecklich! Beim Händeschütteln hat er mich angestarrt, als wäre ich ein Stück Fleisch in der Auslage eines Metzgers. Wollte er sichergehen, ob bei mir auch alles an der rechten Stelle sitzt? Dann hat er sich über den Champagner beschwert, er sei eher der ›Gin-Tonic-Typ‹, und hat meine Musikauswahl kritisiert. Ich dachte, wir würden über die Bücher sprechen, die wir uns geschenkt hatten, aber dieses Thema kam gar nicht vor. Nach einer Viertelstunde peinlichem Small Talk haben wir uns mit einem ›Ich ruf dich an‹ verabschiedet und jeder ist seiner Wege gegangen. Das war vielleicht eine Enttäuschung!«

»Vielleicht war es einfach nur ein schlechter Start, weil ihr beide verlegen wart«, meint Nina. »Das nächste Mal läuft es bestimmt besser.«

»Es wird kein nächstes Mal geben. Zwischen uns stimmt die Chemie einfach nicht. Das habe ich sofort gemerkt, und ich gebe viel auf den ersten Eindruck.«

»Du bist einfach zu anspruchsvoll«, versucht es Nina erneut.

»Nein, ich bin realistisch.«

»Willst du damit sagen, dass alles umsonst war?«, will Emma wissen. »Die Widmungen, der literarische Flirt …«

»Im Gegenteil! Diese Bücheraktion war das Beste, was mir seit Monaten passiert ist«, antwortet Ilaria begeistert. »Ich habe geträumt, gehofft, bin mit meiner Fantasie gereist. Es war ein wunderbares Gefühl, Bücher zu verschenken und geschenkt zu kriegen. Ich habe dadurch neue Autoren kennengelernt, die mich sehr bereichert haben. Danke, Nina, dass du das alles möglich gemacht hast.« Sie legt der Buchhändlerin liebevoll den Arm um die Schulter und lacht. »Aber bitte stell mich nie wieder einem Kunden vor. Abgemacht?«

Gut gelaunt dekorieren die drei weiter, umgeben von Kunden, Freunden und Neugierigen, die sich nur umsehen wollen.

Nina scheint die Enttäuschung überwunden zu haben.

Nachdem sie auf fast traumatische Weise erfahren musste, was für ein Wicht Andrea wirklich ist, fällt es ihr nicht mehr schwer, ihn aus ihren Gedanken zu verbannen.

»Er ist es nicht wert, dass ich auch nur noch eine Minute meiner Zeit an ihn verschwende«, sagte sie zu Emma, als sie ihr vom Auftritt der Ehefrau erzählte.

»Endlich kommst du zur Vernunft, meine Liebe. Wir räumen jetzt in deinem Leben mal so richtig auf, raus mit all den falschen Männern!«

Die Sonne steht jetzt hoch, ihre Strahlen dringen durch das Schaufenster in den Laden und bringen die Buchrücken zum Strahlen. Wenn nur meine Augen nicht so müde wären. Wie gerne würde ich das neue Mailand mit der gleichen Aufmerksamkeit wahrnehmen wie in jungen Jahren.

Um mich herum hat sich ein buntes Völkchen versammelt: leidenschaftliche Leser, Mädchen mit träumenden Augen, junge Leute voller Ideen, aber mit wenig Geld. Ihr Enthusiasmus erinnert mich an Domenico und mich, mit unseren abgegriffenen Koffern und unseren einfachen Wohnungen, an unsere großen Ziele unter der ständigen Rußdecke. An unseren Pioniergeist und die Überzeugung, hier im Norden ein neues Leben anfangen zu können.

»Ich bin ein Prophet, müssen Sie wissen. Ich spreche mit Gott, dem Herrn. Und er hat mir den Weg in diese Bücherei gewiesen.«

»Ähm, das hier ist eine Buchhandlung. Aber ich fühle mich geschmeichelt ... Beistand von oben.« Nina spricht zögerlich mit einem ganz in Schwarz gekleideten Mann, der eine Ledermappe unter den Arm geklemmt hat.

»Sie haben eine wunderbare Stimme, sie erinnert mich an meine Katze, wenn sie gestreichelt werden wollte.«

Nina weiß nicht, wie ihr geschieht. Hilfe suchend hält sie nach ihren Freundinnen Ausschau

»Aber davon darf ich mich nicht ablenken lassen, denn ich habe einen Auftrag. Ich bin hier, weil Gottes Stimme ... Ach übrigens, können Sie sie auch hören? Ich höre sie jeden Tag, so gewaltig, so laut, als würden tausend Menschen auf einmal sprechen. Und Gott hat mir aufgetragen, Ihnen ein Angebot zu machen. Sie schenken mir ein Buch, und ich gebe Ihnen dafür das hier.« Er zieht ein abgegriffenes schwarzes Heft hervor und reicht es Nina. »Es enthält alle Wahrheiten.«

»Danke, das ist ein großzügiges Angebot, aber ich kann keine Bücher verschenken, ich muss sie leider verkaufen.«

Der Mann reißt die Augen auf.

»Mit Geld kann man sich sein Seelenheil nicht kaufen. Viele wollten dieses Meisterwerk schon veröffentlichen ...« Er wedelt mit dem Heft vor Ninas Augen herum. »Aber ich habe immer abgelehnt. Ich schreibe nicht für unreines Geld.«

»Eine kluge Entscheidung, aber ich kann trotzdem keine Bücher verschenken.«

Wir beobachten die Szene, greifen aber nicht ein. Einer der üblichen Spinner, die Ninas Buchhandlung offenbar magisch anzieht.

»Machen wir es so: Ich lasse es Ihnen hier, Sie lesen es sich heute Abend oder morgen durch, und ich komme am Montag wieder vorbei.«

»Du hattest doch keinen besseren Plan für deinen Geburtstag, nicht wahr?«, wage ich einen kleinen Scherz.

»Ich danke Ihnen«, sagt Nina betont gelassen, »aber es geht einfach nicht. Trotzdem vielen Dank.«

»Du weigerst dich, die Wahrheit zu erfahren?«, schreit der Mann und reißt die Arme hoch.

Emma macht ein paar Schritte auf Nina zu.

»Vielleicht sollten wir Hilfe holen?«, schlägt sie vor.

In diesem Moment kniet der Prophet nieder und murmelt vor sich hin. »Auch Adam kauerte so auf dem Boden.« Dann rollt er sich zusammen. »Wie einsam er war, der arme Adam! Einsam und allein!«

»Du solltest einen Psychiater anstellen«, versucht Emma die Situation zu entkrampfen, während Ilaria und ich immer noch nicht wissen, ob wir lachen oder weinen sollen.

»Gott wusste, dass Adam eine Gefährtin brauchte. Und auf der Rippe, Adams Rippe, gab es ein Tattoo.« Er berührte seinen Brustkorb an der Seite und sprach weiter. »Das Bild einer Frau. Der allmächtige Gott hauchte das Tattoo an, und die Frau erwachte zum Leben. Es war Eva.«

»Ach, Gott ist auch Tätowierer?«, fragt Nina und versucht immer noch ernst zu bleiben.

»Frau, du verspottest mich!«, ereifert sich der Mann und versucht, wieder hochzukommen, dabei zappelt er mit den Beinen wie ein auf dem Rücken liegender Käfer.

»Soll ich die Polizei rufen?«, fragt Ilaria besorgt, die neben meinem Sessel Schutz gesucht hat.

»Ich verspotte Sie nicht, ich habe selbst Tattoos, vielleicht sollte ich mir einen Adam stechen lassen, dann springt vielleicht der perfekte Partner aus meiner Rippe?«

»Da würde ich nicht drauf wetten«, kichert Emma.

Der Mann steht wieder, mit hochrotem Gesicht und der Aktenmappe in der Hand, und wirft den beiden einen verächtlichen Blick zu. Dann hebt er die Hand, und wir befürchten schon das Schlimmste. Aber er greift nur nach seinem schwarzen Heft und dreht sich um.

»Ich gehe jetzt. Aber ich komme wieder, da kannst du Gift drauf nehmen«, verkündet er und verschwindet.

»Wie ich dich um solche Kunden beneide«, seufzt Emma.

»Kunden? Kunden sind Menschen, die etwas kaufen wollen. Der da wollte mir nur meine Zeit stehlen.«

Bei Sonnenuntergang kommen die ersten Gäste, alles bekannte Gesichter, die schon mal hier waren, manche öfter, andere seltener. Jeder hat etwas mitgebracht: Blumen, Wein, Geschenke. Die Stimmung ist fröhlich.

Emma und Ilaria waren zwischendurch nach Hause gegangen, um sich schick zu machen. Nina und ich waren für kurze Zeit allein in der Buchhandlung, inmitten von Luftballons, Girlanden und veganen Snacks. Nina hatte sich auf die Sessellehne gesetzt und geseufzt: »Ich bin jetzt einunddreißig, Adele, wer hätte das gedacht?«

Mein Herz war voller Wehmut, in meinen Augen standen Tränen, mir fehlten die Worte. Ich dachte an Angela, die nicht so alt werden durfte, an Domenico, der Geburtstagsfeiern über alles geliebt hatte, und an die Zwillinge, die sich in den letzten Monaten nur zu meinem achtzigsten Geburtstag gemeldet hatten, kurz vor meinem Unfall. Nina hat noch so viel vor sich!

Ich legte meinen Kopf an ihren Arm, blickte auf zu ihr und bemerkte eine Träne, die ihr die Wange hinunterrann.

Der Laden füllt sich schnell. Inmitten der Musik, der angeregten Gespräche und dem Gelächter, während Nina glücklich und unbeschwert herumwirbelt, fühle ich mich mehr und mehr fehl am Platz. Ich rücke meinen Sessel noch weiter in die Ecke und sehe zu, wie die Gäste sich zuprosten, sich umarmen und Cracker mit Avocadocreme vertilgen.

Plötzlich gehen die Lichter aus, und Emma taucht mit einer riesigen Torte mit einunddreißig brennenden Kerzen in der Ladentür auf, von Gitarrenklängen begleitet.

Nina ist überwältigt und gerührt, ein Glas in der einen, eine Serviette in der anderen Hand. Ihre Augen strahlen.

»Danke!«, sagt sie zu Emma, während diese die Torte zwischen Minipizzen und Chips absetzt. Nina pustet die Kerzen aus; die Gäste stimmen »Happy Birthday« an.

Leonardo hat den Laden betreten, ohne das Gitarrenspiel zu unterbrechen. Ein junger Mann, der vor einem Bücherregal gesessen hat, bietet ihm seinen Stuhl an. Leo setzt sich, hält kurz inne, räuspert sich und sagt dann: »Dieses Lied ist für das Geburtstagskind Nina. Es erzählt von ihren großen Augen, ihrem strahlenden Lächeln, ihrem Charakter, der ... ach, diesen Teil lassen wir lieber weg!«, dann lacht er und schaut sie an. »Für Nina, die mit und für Bücher lebt, die uns wunderbare Geschichten schenkt und unsere Fantasie mit Träumen füllt. Im Namen von Emma und all deinen Freunden widme ich dir dieses Lied über dein Sternzeichen, den Widder: ›La luna in ariete‹ von Claudio Sanfilippo.«

Hinter ihm leuchtet wie von Zauberhand eine Lampe auf, und er beginnt zu singen, umringt von Ninas Freunden, den Menschen, die sie lieben und die noch Träume haben, genau wie Domenico und ich damals, vor so vielen Jahren.

Ihre langen Haare,
ihr heller Blick,

*er kennt mich besser als ich selbst,
er trifft mich ins Herz.*

Da ist es, das Leben, das ich Nina immer gewünscht habe: ein Traum, an den sie glauben kann, viele Bücher, die noch gelesen werden wollen, und ein Mann, der Liebeslieder für sie singt.

*Niemand weiß,
wie lang der Weg noch sein wird,
welcher Duft uns gefangen nimmt ...*

Die Nacht ist klar, und wenn wir nicht in einer Großstadt wie Mailand wären, könnte man vielleicht sogar die Sterne sehen. Auch ich habe ein Geschenk für Nina, aber jetzt ist nicht der richtige Moment, um es ihr zu geben.

Nachdem Leo noch ein paar Lieder gesungen hat, legt er die Gitarre zur Seite und nimmt sich ein Glas Wein, um mit den anderen anzustoßen.

»Du hättest mir ruhig sagen können, dass du ihn mitbringst«, flüstert Nina Emma zu.

»Machst du Witze? Dann wärst du garantiert dagegen gewesen. Dabei hat er es toll gemacht, nicht wahr?«

»Hmm«, brummelt Nina schulterzuckend, »gar nicht so übel.«

»Tu doch nicht so! Meinst du, ich hätte deine Rührung nicht bemerkt?«

Eine Stunde lang versucht Nina, dem jungen Mann aus dem Weg zu gehen, ihre letzte Begegnung ist ihr offensichtlich immer noch peinlich.

Ich starre zum wiederholten Mal auf die menschenleere Straße, als sich die beiden mit Tellern in der Hand vor dem Schaufenster treffen, sie haben ein Stück Torte ergattert. Ich spitze die Ohren.

»Also ... ich wollte mich bedanken«, beginnt Nina forsch und versucht ihre Unsicherheit zu verbergen.

»Keine Ursache, das habe ich gern gemacht. Emma hat gesagt, du wolltest mich zu deinem Geburtstag einladen, um dich bei mir zu entschuldigen ...«

»Ach, das hat Emma also gesagt ...« Nina runzelt die Stirn.

»Ja, und ich fand das eine schöne Geste von dir, mutig und offenherzig. Und als kleine Gegenleistung habe ich für dich gesungen.« Er sucht nach einem Platz, wo er seinen Teller abstellen kann, ohne die Bücher in Mitleidenschaft zu ziehen. Zum Glück haben wir zu diesem Zweck ein Regalbrett freigeräumt. Mir war von Anfang an klar, dass dieser junge Mann in Ordnung ist. »Nina, warum müssen wir uns immer auf dem falschen Fuß erwischen?«, fragt er dann. »Du bist so was von kompliziert! Ich weiß nie, was dir im Kopf herumgeistert. Aber das gefällt mir! Ich mag deine Unberechenbarkeit, deine Spontaneität. Und ich möchte dir sagen, dass ich nicht dein Feind bin. Im Gegenteil, wir haben etwas gemeinsam.«

»Ich weiß. Ich habe den Brief gelesen. Aber ich kann noch nicht darüber reden, es tut noch zu sehr weh. Ja, wir haben eine gemeinsame Erinnerung.«

»Ach übrigens, morgen ist Sonntag. Erinnerst du dich? Willst du immer noch kommen?«

»Ja, ich bin es ihr schuldig. Schließlich habe ich den Schlüssel«, antwortet sie und lächelt. Dann dreht sie sich um. »Entschuldige, aber ich muss mich jetzt wieder um die Gäste kümmern. Danke noch einmal für das Lied. Das war … sehr schön.«

Sie geht, und Leo bleibt noch eine Weile stehen. Er hat die Hände in den Taschen vergraben und schaut nach draußen. Ich stelle mich neben ihn, und wir schweigen zusammen. Als er sich wieder ins Getümmel stürzt, öffne ich die Ladentür und gehe. Nach Hause.

14

Ich sitze im Sessel, um mich herum ist es dunkel. Ich muss gestern Abend hier eingeschlafen sein. Als ich in meine verwaiste Wohnung kam, hatte ich den Eindruck, ich sei schon eine Ewigkeit nicht mehr zu Hause gewesen. Den Kopf an die Rückenlehne gebettet überlege ich, wann ich das letzte Mal hier glücklich war.

In einem Leben summieren sich so viele Erinnerungen, kleine, große, schöne, bittere, unwesentliche und wichtige.

Die Liebe, die Familie, die Arbeit, die Leidenschaften, das Schwimmen im Meer, das Radfahren, der Geruch nach Druckerschwärze bei einem neuen Buch, der Duft der Tomatensoße meiner Mutter, die alten Schallplatten, das Quietschen der Straßenbahntüren, die Kirchenglocken an einem

Feiertag, die Fabriksirene, die schönsten Sätze aus meinem Lieblingsroman. All das kommt mir jetzt in den Sinn, als liefe ein Film vor meinen Augen ab.

Ein Schlüssel dreht sich im Schloss, die Tür öffnet sich.

»Warte, hier muss der Lichtschalter sein«, hört man eine junge Männerstimme sagen. Der Schein der kleinen Flurlampe erhellt die Umrisse der Gegenstände um mich herum, und ich fühle mich nicht mehr so allein.

»Ich mache die Fenster auf, okay? Du kannst inzwischen die anderen Kisten raufbringen.« Ninas Stimme ist von der Diele aus zu hören, noch bevor ich sie sehen kann.

Bestimmt ist sie gekommen, um das Geschenk abzuholen, das ich ihr vor langer Zeit versprochen habe.

Vorsichtig, ohne das Licht im Wohnzimmer anzuschalten, geht sie zum Fenster, dabei versucht sie nirgends anzustoßen. Sie zieht die Jalousie hoch, und die Sonnenstrahlen fluten den Raum.

Nina sieht sich neugierig um, und mir wird klar, dass sie nach all den Jahren unserer Freundschaft zum ersten Mal meine Wohnung betritt.

Ihr Blick fällt auf den Sessel, und mir wird bewusst, wie schwach ich bin.

»Entschuldige, dass ich sitzen bleibe, aber ich bin sehr müde. Ich habe die ganze Nacht gewacht, um mein Leben noch einmal an mir vorüberziehen zu lassen. Mach es dir bequem, mein Schatz, nimm dir Zeit. Ich sehe einfach zu.« Während ich das sage, geht sie in die Küche und öffnet dort das Fenster. Die kühle Luft kitzelt meine Fußknöchel. »Vielleicht habe ich noch irgendwo etwas Tee ...? Nimm dir einfach, was du brauchst.«

»Hey, Buchhändlerin! Hilf mir mal, bitte!«

Jetzt erkenne ich die Stimme, es ist Leonardo. Sie sind gemeinsam gekommen. Dieser junge Mann hat mir von Anfang an gefallen. Zugegeben, ich habe eine Schwäche für Musiker; in ihren Augen finde ich den sehnsuchtsvollen Blick des einzigen Mannes wieder, den ich je geliebt habe.

»Wir können im Arbeitszimmer anfangen«, sagt er und stellt die leeren Kisten ab. »Dort stehen die wertvollsten Bücher, zum Teil echte Sammlerstücke.«

»Woher kennst du dich hier so gut aus?«, fragt Nina. Ich schließe die Augen und höre weiter zu.

»Ich war oft bei Domenico«, erzählt Leo. »Wir haben uns durch Zufall kennengelernt. Eines Tages habe ich ihm den Einkauf geliefert, und er hat mir aufgemacht.«

»Jobbst du etwa im Supermarkt?«

»Mach dich nur lustig. Es ist nicht leicht, nur von der Kunst zu leben. Die Musik bedeutet mir alles, aber während ich auf den Durchbruch warte, brauche ich trotzdem etwas zu essen.«

»Ich habe Adeles Mann nie kennengelernt. Obwohl sie mich mehrmals zum Abendessen eingeladen hat, ist es nie dazu gekommen. Und dann ist er gestorben, und es war zu spät. Ich weiß nur, dass er sehr krank war. Am Tag seiner Beerdigung war sie am Boden zerstört, ich erinnere mich noch gut daran.«

»Es waren so viele Leute da, weißt du noch? Domenico war ein wunderbarer Mensch und ein großartiger Musiker.«

Dann schweigen sie minutenlang, und mir kommt das Gesicht des verzweifelten jungen Mannes am Tag der Beerdigung wieder in den Sinn. Er war mit seiner Gitarre gekommen, ich hatte aus den Augenwinkeln wahrgenommen, wie er die Kirche verließ. Von Trauer und Schmerz verwirrt hatte ich gedacht, Domenico sei wiederauferstanden.

»Unsere erste Begegnung war zufällig. Ich vertrat einen Freund, der für diesen Stadtteil zuständig war. Ich klingelte, aber ich musste eine ganze Weile warten, bis jemand an die Tür kam. Domenico ging am Stock, aber im Kopf war er hellwach, wie ein Zwanzigjähriger. Er zeigte mir den Weg in die Küche, dort stellte ich die Sachen ab. Er wusste nicht, in welchen Schrank sie gehörten. ›Meine Frau kennt sich da besser aus, aber sie ist in der Buchhandlung. Sie geht dort immer ihre Freundin besuchen. Bücher sind ihre große Leidenschaft‹, hatte er gesagt. Das war übrigens das erste Mal, dass ich von dir gehört habe.«

Ich stelle mir vor, dass Nina jetzt lächelt. »Adele kam fast jeden Morgen vorbei, das stimmt. Sie meinte, damit würde sie auch ihrem Mann etwas mehr Freiheit lassen. ›Selbst die beste Ehefrau geht einem mit der Zeit auf die Nerven‹, meinte sie.«

»Wir haben uns an jenem Morgen lange unterhalten; wir saßen in der Küche und hörten uns eine Platte von John Coltrane an. Er sprach von seiner Liebe zur Musik, seiner Band, der Livemusik in den Kneipen der Sechzigerjahre. Ich erzählte dann von mir und meinem Traum, ein Liedermacher zu werden, davon, wie schwierig es ist, in der heutigen Zeit Musiker zu sein, ohne seine Seele zu verkaufen, wie sehr sich die Mailänder Künstlerszene verändert hat. Es war schön, mit ihm zu sprechen. Er hörte wirklich zu und war an dem interessiert, was ich zu sagen hatte. Und ich war fasziniert von seinen

Geschichten, seinen unglaublichen Anekdoten, seiner beeindruckenden Kenntnis alter Platten.«

»Hast du ihn oft besucht?«

»Ja. Sobald Adele das Haus verließ, um zu dir zu gehen, rief er mich an. Wenn es passte, nahm ich meine Gitarre und ging zu ihm. Ich spielte oft für ihn, er rührte sein Instrument kaum noch an, höchstens, um mir ein paar Griffe zu zeigen. Einmal durfte ich auf seiner 12-saitigen Gitarre spielen. ›Stimm sie für mich, meine Ohren sind nicht mehr so gut‹, hatte er gesagt.«

Während ich weiter zuhöre, blicke ich aus dem Fenster auf die anderen Häuserblocks. Wie oft hatte ich ein schlechtes Gewissen Domenico gegenüber gehabt, wenn ich mich in Ninas Buchhandlung verkrochen hatte! Dabei war sein Leben, wie ich gerade erfahre, gar nicht so eintönig – im Gegenteil, er hatte in seinen letzten Monaten sogar noch einen neuen Freund gefunden. Und das macht mich glücklich. Sehr glücklich.

»Hast du Adeles und Domenicos Töchter kennengelernt?«

»Nein, ich habe nur einmal mit Maria telefoniert, sie hatte meine Nummer auf dem Schreibtisch ihres Vaters gefunden. Sie bat mich, mich um die Bücherspende zu kümmern.«

»Ob die beiden überhaupt wussten, was dieser Passus im Testament bedeutete, der es ihnen verbot, die Bücher wegzuwerfen?«

»Bestimmt nicht, sie ahnten nicht einmal, welch immensen Wert diese Ausgaben haben.«

»Für sie waren das bestimmt nur lästige Staubfänger.«

»Domenico quälte sich immer mit der Frage, was er bei seinen Kindern falsch gemacht hatte. Er fühlte sich als Versager.«

»Adele auch. Sie machte sich Vorwürfe, die Zeichen der Zeit nicht erkannt zu haben. Dass ihr Familienbild, ihre kleinen Träume, die Bücher und die Musik, nicht das waren, was die Zwillinge sich vom Leben erhofften. Schon als Kinder hatten sie diese kleinbürgerliche Welt gehasst. Die Mietskasernen, die Werkstätten, die schäbigen Lokale, den Lärm der Eisenbahn. Alles das verachteten sie.«

»Also, mir gefällt es«, sagt Leo fröhlich.

»Mir auch. Ich liebe dieses Viertel«, sagt Nina.

Ich stelle mir vor, wie sie jetzt rot wird und den Kopf senkt, während sie Leo ein paar Bücher reicht.

»Weißt du, dass ich es war, die den Zwillingen die Nachricht vom Tod ihrer Mutter überbringen musste? Sie ist in der Buchhandlung gestorben, in ihrem Sessel.«

»Das war bestimmt schwer für dich.«

Nina seufzt, und ich schließe die Augen wieder.

»Ja«, flüstert sie kaum hörbar. Dann versinkt sie in Schweigen.

Sie arbeiten den ganzen Morgen, füllen Kisten, blättern in dem einen oder anderen Buch, erzählen sich Geschichten.

»Den Buzzati hüteten sie wie einen Schatz«, sagt Leo lächelnd. »Ich hätte ihn zurückgeben müssen, ich weiß, aber ich glaube, dass Domenico wollte, dass ich ihn behalte.«

»Wie hast du es geschafft, mir das Buch unbemerkt auf den Schreibtisch zu legen?«

»Welches Buch? Das müssen höhere Mächte gewesen sein«, sagt Leo und zwinkert ihr zu.

»Es tut mir leid, dass ich so unfreundlich zu dir war. Normalerweise ist das nicht meine Art.«

»Kein Problem, ich kann Menschen gut einschätzen und habe sofort gespürt, dass du im Grunde deines Herzens ganz anders bist.«

»Unterschätz mich nicht! Wenn man mich reizt, kann ich für nichts garantieren.«

»Also, das glaube ich einfach nicht. Diese großen Augen sind nicht dazu bestimmt, böse zu blicken.«

Am frühen Nachmittag sind sie fertig und gehen. Sie lassen mich allein zwischen den halb leeren Regalen zurück, während der Essensduft aus der Nachbarwohnung zu mir herüberweht.

Als sich die Tür hinter meinem Rücken schließt, stehe ich auf und gehe ein paar Schritte. Ich erkenne die Wohnung kaum wieder, ohne all die Bücherwände, die meinen Horizont gebildet haben.

In den Büchern, die ich Nina geschenkt habe, steckt alles, was von mir bleibt, von der Ehefrau, Mutter, Arbeiterin und leidenschaftlichen Leserin Adele Amoruso.

Ich gehe zum Balkon, dessen Tür die beiden offen gelassen haben, und blicke auf den verwaisten Hof. Es ist Sonntag, niemand ist unterwegs, und mein Blick schweift über die kümmerlichen Bäume, die Autos, die Müllcontainer, die Fahrräder, die Fenster und Balkongeländer der anderen Häuser, die Antennen auf den Dächern, die Kanalschächte. Plötzlich ist alles schwarz-weiß. Alles, außer einem Fleck in der Ferne, der auf mich zurennt. Ein rotes Fellknäuel, es kommt näher und näher, bis es bei mir angelangt ist und mich aus leuchtend gelben Augen ansieht.

»Da bist du ja endlich wieder, Foscolo!«, flüstere ich und kraule meinen Kater hinter den Ohren. »Endlich bist du wieder zu Hause.«

15

Nina bindet Asia ein rosa Band ins Haar und lädt sie ein, sich mit den anderen Kindern auf die Kissen zu setzen, die sie auf dem Boden ihres Buchladens verteilt hat. Einige Mütter verabschieden sich von ihren Sprösslingen, andere nehmen auf den Stühlen im hinteren Bereich Platz. Emma plaudert mit Ilaria und einem gut aussehenden jungen Mann, den sie mitgebracht hat.

Auf dem Sessel, der so lange »mein« Sessel gewesen ist, sitzt Leo, stimmt seine Gitarre und beginnt zu spielen.

Es ist ein warmer Tag. Der Himmel ist so blau wie noch nie. Ich stehe draußen und schaue durch das Schaufenster hinein in meine geliebte Buchhandlung und beobachte die Kinder und jungen Leute, für die dieser Ort eine friedliche Insel in ihrem hektischen Alltag ist. Ich bin endlich glücklich und zufrieden. Ich lächele. Die Welt um mich herum ist endlich wieder bunt: die Wiesen im Park, die Ladenschilder, die Graffitis, die Sommerkleider der Mädchen. Ein perfekter Tag für einen Neuanfang, für wichtige Entscheidungen, für ein neues Buch aus dem Regal, dessen erste Seite man aufschlägt.

Vom Ende der Straße ertönt das Knattern der Lambretta, ein Geräusch, das ich selbst im Feierabendverkehr auf dem Corso Lodi heraushören würde.

Ich drehe mich um und sehe Domenico auf mich zukommen, jung und schön.

»Adelina, wir werden erwartet«, sagt er und streckt die Hand nach mir aus.

Ich steige auf, rieche den vertrauten Duft seiner Haut; dann werfe ich einen letzten Blick auf die lila Schatzkiste und klammere mich ganz eng an meine große Liebe. Leicht und beschwingt bin ich bereit für meine nächste große Reise.

Unsere Leseempfehlung

320 Seiten
Auch als E-Book
erhältlich

Eigentlich ist Anni glücklich. Mit ihrem Freund Thies lebt sie in einem hübschen Bremer Häuschen, sie arbeitet als Game-Designerin und in ihrer Freizeit entwirft sie Poster- und Postkartenmotive. Doch dann will ihr Chef, dass sie das neue Büro in Berlin leitet. Und Thies will auf einmal heiraten. Nur Anni weiß nicht mehr, was sie will. Da meldet sich ihre Jugendfreundin Maria aus Norderney, und Anni beschließt spontan, eine Auszeit zu nehmen. 6 Wochen Sand und Wind, Sterne und Meer. Danach sieht sicher alles anders aus. Wie anders, das hätte Anni sich allerdings nicht träumen lassen ...

www.goldmann-verlag.de
www.facebook.com/goldmannverlag